हर तरह की नौकरी में खुश कैसे रहें

एक ज़िम्मेदार इंसान की कहानी,
समझ मिलने के बाद

कैसे करें ईश्वर की नौकरी ताकि हर कार्य में आनंद मिले

हर तरह की नौकरी में खुश कैसे रहें

एक जिम्मेदार इंसान की कहानी, समझ मिलने के बाद

By Tejgyan Global Foundation

चौथी आवृत्ति : नवंबर 2018

पाँचवीं आवृत्ति : अप्रैल 2019

प्रकाशक : वॉव पब्लिशिंग्स प्रा. लि., पुणे

© Tejgyan Global Foundation
All Rights Reserved 2010.
Tejgyan Global Foundation is a charitable organization with its headquarters in Pune, India.

© सर्वाधिकार सुरक्षित

वॉव पब्लिशिंग्ज् प्रा. लि. द्वारा प्रकाशित यह पुस्तक इस शर्त पर विक्रय की जा रही है कि प्रकाशक की लिखित पूर्वानुमति के बिना इसे व्यावसायिक अथवा अन्य किसी भी रूप में उपयोग नहीं किया जा सकता। इसे पुनः प्रकाशित कर बेचा या किराए पर नहीं दिया जा सकता तथा जिल्दबंद या खुले किसी भी अन्य रूप में पाठकों के मध्य इसका परिचालन नहीं किया जा सकता। ये सभी शर्तें पुस्तक के खरीददार पर भी लागू होंगी। इस संदर्भ में सभी प्रकाशनाधिकार सुरक्षित हैं। इस पुस्तक का आंशिक रूप में पुनः प्रकाशन या पुनः प्रकाशनार्थ अपने रिकॉर्ड में सुरक्षित रखने, इसे पुनः प्रस्तुत करने की प्रति अपनाने, इसका अनूदित रूप तैयार करने अथवा इलेक्ट्रॉनिक, मैकेनिकल, फोटोकॉपी और रिकॉर्डिंग आदि किसी भी पद्धति से इसका उपयोग करने हेतु समस्त प्रकाशनाधिकार रखनेवाले अधिकारी तथा पुस्तक के प्रकाशक की पूर्वानुमति लेना अनिवार्य है।

Har Tarah Ki Noukri Mein Khush Kaise Rahen
Ek Zimmedar Insaan Ki Kahani, Samajh Milne Ke Baad

✻ इस पुस्तक की प्रथम आवृत्ति ' कैसे करें ईश्वर की नौकरी ' इस नाम से प्रसारित हुई थी।

यह पुस्तक समर्पित है

हर उस महापुरुष, महानारी को जिसने

ईश्वर का संदेश

मानवजाति तक पहुँचाया और

ईश्वर की

सच्ची बंदगी

यानी

सच्ची नौकरी,

पार्ट टाईम नहीं फुल टाईम की।

सरश्री द्वारा रचित श्रेष्ठ पुस्तकें

१. **इन पुस्तकों द्वारा आध्यात्मिक विकास करें**

- विचार नियम – आपकी कामयाबी का रहस्य
- विश्वास नियम – सर्वोच्च शक्ति के सात नियम
- आध्यात्मिक उपनिषद्
- शिष्य उपनिषद्
- संपूर्ण भगवद्गीता – जीवन की अठारह युक्तियाँ
- २ महान अवतार – श्रीराम और श्रीकृष्ण
- जीवन-जन्म के उद्देश्य की तलाश – खाली होने का महासुख कैसे प्राप्त करें
- सत् चित्त आनंद – आपके 60 सवाल और 24 घंटे
- निराकार – कुल-मूल लक्ष्य
- गुरु मुख से उपासना – गुरु करें तो क्यों करें वरना न करें

२. **इन पुस्तकों द्वारा स्वमदद करें**

- स्वास्थ्य के लिए विचार नियम – मनः शक्ति द्वारा तंदुरुस्ती कैसे पाएँ
- नींव नाइन्टी – नैतिक मूल्यों की संपत्ति
- वर्तमान का जादू – उज्ज्वल भविष्य का निर्माण और हर समस्या का समाधान
- नास्तिकता से मुक्ति – उलटा विश्वास सीधा कैसे करें
- इमोशन्स पर जीत – दुःखद भावनाओं से मुलाकात कैसे करें
- मन का विज्ञान – मन के बुद्ध कैसे बनें
- तनाव से मुक्ति
- रहस्य नियम – प्रेम, आनंद, ध्यान, समृद्धि और परमेश्वर प्राप्ति का मार्ग
- डर नाम की कोई चीज़ नहीं – अपने मस्तिष्क में विकास के नए रास्ते कैसे बनाएँ

३. **इन पुस्तकों द्वारा हर समस्या का समाधान पाएँ**

- पैसा – रास्ता है मंज़िल नहीं
- खुशी का रहस्य – सुख पाएँ, दुःख भगाएँ : ३० दिन में
- विकास नियम – आत्मविकास द्वारा संतुष्टि पाने का राज़
- समग्र लोकव्यवहार – मित्रता और रिश्ते निभाने की कला

४. **इन आध्यात्मिक उपन्यासों द्वारा जीवन के गहरे सत्य जानें**

- मृत्यु पर विजय – मृत्युंजय
- स्वयं का सामना – हरक्युलिस की आंतरिक खोज
- बड़ों के लिए गर्भ संस्कार – १० अवतार का जन्म आपके अंदर
- सूखी लहरों का रहस्य

ईश्वर को अपना बॉस बनाएँ

प्रस्तावना

लोग बिना बताए काम करते हैं, उन्हें ही सबसे ज़्यादा तनख्वाह मिलती है।

–एडविन एच. स्टुअर्ट

'बॉस... बॉस! हम टारगेट्स अचीव कर लेंगे... मेरा यकीन मानिए... मैं रिजल्ट लाकर दिखाऊँगा... मुझ पर विश्वास तो कीजिए...!'

'नहीं... मैं आपको और मौका नहीं दे सकता। यू कैन लीव...!'

क्या आपने कभी ऐसा सपना देखा है? यदि हाँ तो क्या आप अपनी नौकरी से खुश हैं? या इस सवाल को यूँ पूछा जाए कि क्या आप अपने बॉस को पसंद करते हैं?

यदि इन सवालों का जवाब 'ना' है तो आप जरूर अपने बॉस से परेशान होंगे। ऐसे में यदि आपको एक मौका दिया जाए अपना बॉस चुनने का तो आप किसे चुनेंगे? शायद अपने कुछ पसंदीदा लोगों को।

परंतु क्या आप 'ईश्वर' को अपना बॉस बनाना चाहेंगे? क्यों, है न रोमांचक सवाल!

आप सोच रहे होंगे कि ईश्वर आपका बॉस कैसे बन सकता है? आप ईश्वर की नौकरी कैसे कर सकते हैं?

देखा जाए तो आज आप जो भी नौकरी कर रहे हैं असल में ईश्वर की ही नौकरी है। परंतु आपको लग रहा है कि आप अपनी कंपनी की या अपने बॉस की नौकरी कर रहे हैं। आप सोच रहे होंगे कि यह कैसे संभव है परंतु यही सच्चाई है। दुनिया में हर इंसान का मकसद बन जाता है पैसा कमाना ताकि वह अपनी आजीविका (रोज़ी-रोटी) कमा पाए लेकिन यह संपूर्ण लक्ष्य नहीं है।

पैसे से जब इंसान की जरूरतें पूरी होती हैं तो वह संतुष्ट होता है। इसका मतलब इंसान संतुष्ट होने के लिए पैसे कमाता है। इंसान संतुष्ट इसलिए होना चाहता है ताकि वह खुश और आनंदित रह सके। निष्कर्ष यह है कि इंसान खुशी प्राप्त करना चाहता है।

इंसान की खुशी और आनंद की भूख को केवल ईश्वर ही संतुष्ट कर सकता है। दुनिया की बाकी चीजों से इंसान अस्थाई खुशी तो प्राप्त कर लेता है परंतु स्थाई खुशी पाने के लिए उसे ईश्वर की नौकरी करते हुए, हर तरह की नौकरी में खुश रहने का तरीका सीखना होगा।

आप अपनी नौकरी में यदि हर एक के साथ अच्छा संवाद और अच्छा बरताव कर रहे हैं यानी आप ईश्वर की नौकरी सही तरह से कर रहे हैं। यदि आप ऐसा करने में असक्षम हैं तो आपको हर तरह की नौकरी में खुश रहने का सही तरीका सीखना होगा। यह पुस्तक आपको इसमें मदद करेगी।

इस पुस्तक में एक जिम्मेदार इंसान की कहानी दी गई है, जो समझ मिलने के बाद अपने काम का आनंद लेना सीखता है। पुस्तक के मुख्य किरदार 'मि. कर्मांत श्रीवास्तव' से आप स्वयं को जोड़कर देखेंगे तो पुस्तक की हर बारीकी, हर समझ को अपने जीवन में उतार पाएँगे। जैसे कि - खुद से तथा ऑफिस में क्रोधरहित संवाद करने की कला, संघर्ष से सफलतापूर्वक निबटने और बॉडी लैंग्वेज समझने की कला, परिवारवालों और बच्चों के साथ संवाद और सक्रीयता से सुनने की कला, 'प्रभावित मत करो बस व्यक्त करो' की समझ, सर्वोच्च संवाद : ईश्वर से मदद लेने की कला इत्यादि।

हालाँकि यह पुस्तक एक काल्पनिक कहानी है परंतु इसमें दी गई समझ आपके वास्तविक जीवन के लिए बहुमूल्य है।

आइए इस बहुमूल्य ज्ञान को समझने के लिए तैयार हो जाएँ और देखें कि आखिर कर्मांत की जिंदगी में चल क्या रहा है...!!!

हर तरह की नौकरी में खुश कैसे रहें

जब लोग नौकरी करने जाते हैं, तो उन्हें अपना दिल घर पर छोड़कर नहीं जाना चाहिए। –बेट्टी बेंडर

एक

"गुड मॉर्निंग, सर।"

कर्मांत श्रीवास्तव, अपनी सेक्रेटरी से गुर्राकर बोला, "सुबह अच्छी कहाँ है, रीना! फटाफट नोटपैड उठाकर मेरे केबिन में आओ। अगले कुछ दिनों में ग्राहकों से होनेवाली मुलाकातों की तैयारी करनी है।" परेशानहाल कर्मांत अपनी एक्जीक्यूटिव चेयर पर धम्म से बैठ गया। उसका ऑफिस सबसे लोकप्रिय आई.टी. कंपनी की ७वीं मंजिल पर था।

कंपनी में सुबह की आम हलचल दिख रही थी। कई कर्मचारी कागज़ और फाइलें लेकर तेज़ी से इधर-उधर जा रहे थे। कुछ हाथ में चीज़-सैंडविच लेकर अपनी कुर्सी पर बैठे-बैठे कंप्यूटर स्क्रीन को घूरे जा रहे थे।

रीना नोटपैड और पेन उठाकर तेज़ी से केबिन की तरफ चल दी। केबिन में घुसने से पहले उसे बाहर लगी नेमप्लेट दिखी - मि. कर्मांत श्रीवास्तव, सीनियर ऑपरेशन्स मैनेजर। उसने अपना कोट सही करके दरवाजे पर दस्तक दी।

"अंदर आ जाओ! क्या तुम्हें हर बार अंदर आने के लिए बोलना पड़ेगा? तुम्हें पता है, इसमें मेरा कितना वक्त बरबाद होता है? बैठ जाओ। सबसे पहले हम मि. मलहोत्रा के बारे में बात करते हैं। वे एक बड़ा सौदा करने के लिए कल यहाँ आ रहे हैं। मैं चाहता हूँ कि तुम उनकी यात्रा और होटल की व्यवस्था कर दो। उनकी सेक्रेटरी से बात कर लो। उन्हें होटल ताज में ठहरा देना और..."

"लेकिन सर, मैंने पता किया था, ताज में तो कोई कमरा खाली नहीं है और..."

"क्या फालतू बात कर रही हो, रीना! तुमने अब तक इन होटलवालों पर दबाव डालकर मनचाहा काम करवाना नहीं सीखा? हम हर महीने उन्हें ढेर सारा बिजनेस देते हैं, ढेर सारे पैसे देते हैं। उन पर दबाव डालो, उन्हें धमकी दो। जैसे भी हो, कल मलहोत्रा के लिए कमरा बुक करवाओ। इसके अलावा, प्रस्ताव पत्र तैयार रखना और शर्तोंवाले अनुबंध की जाँच भी कर लेना। और यह मत भूलना कि उन्हें शाकाहारी भोजन पसंद है... और हाँ, स्वागत के बोर्ड को भी देख लेना। यह कल सही जगह पर रहना चाहिए। आई.टी. डिपार्टमेंट की आचार संहिता की प्रस्तुति ९वीं मंजिल के मीटिंग रूम में तैयार रखना। मैं चाहता हूँ कि इस मीटिंग में हर चीज सही रहे। हमें यह सौदा हर हाल में चाहिए ही चाहिए। समझ गईं?"

"हाँ, सर। लेकिन मैं आपसे पूछना चाहती हूँ, मि. थॉमस का क्या होगा, जिनके साथ कल आपकी मीटिंग पहले से ही तय है?"

"धत तेरे की! मैं जानता था कि मैं कोई न कोई झमेला कर दूँगा। कुछ समझ में नहीं आता कि क्या करूँ। मुझे सोचने दो। मैं तुम्हें बाद में बताता हूँ।"

"ठीक है, सर!" रीना केबिन से तेज़ी से बाहर निकली। वह अपने कामों की लंबी सूची पर नज़रें दौड़ा रही थी।

दिन धीरे-धीरे गुजरता गया। कर्मांत अपनी डेस्क के पीछे बर्गर और कॉफी लेकर बैठा रहा। उसकी नज़रें दिनभर कंप्यूटर स्क्रीन पर गड़ी हुई थीं लेकिन मन ही मन वह मि. थॉमस और मि. मलहोत्रा के बारे में चिंता किए जा रहा था।

मि. मलहोत्रा के साथ होनेवाली मीटिंग महत्त्वपूर्ण थी। वह इसे किसी तरह नहीं छोड़ सकता था। यह बेहतरीन मौका था कि वह कंपनी के लिए एक बहुत बड़ा सौदा जीत ले। वह इस बार अपनी काबिलियत साबित करना चाहता था। अगर वह कंपनी को यह सौदा नहीं दिला पाया तो मैनेजिंग डायरेक्टर मि. पीटर उसकी खिंचाई करेंगे और शायद उसका डिमोशन कर देंगे।

एक ही उपाय था! कर्मांत को मि. थॉमस से संपर्क करके उनके साथ होनेवाली मीटिंग रद्द करवानी होगी। वह मि. थॉमस को लगातार फोन करता रहा लेकिन संपर्क नहीं हुआ। उसने हताशा में लगातार फोन किए लेकिन शाम तक कामयाब नहीं हुआ। आठ कप कॉफी पीने के बाद आखिरकार वह थक गया और हार मानकर घर चल दिया।

घर लौटते वक्त रास्ते भर वह ट्रैफिक को कोसता रहा। उसके दिमाग में बस यही विचार था कि दुनिया बड़ी दुःख भरी जगह है।

अपने घर के सामने पहुँचकर उसने कार का हॉर्न बजाया। संतरी को गेट खोलने में देर हो गई। इस वजह से कर्मांत उस पर जोर से चिल्लाया। जहाँ भी कर्मांत जाता था, हमेशा चिड़चिड़ा रहता था। गुस्सेभरे शब्द उसकी जुबान पर हर वक्त मौजूद रहते थे।

उसकी पत्नी नयन ने उसका स्वागत करते हुए कहा, ''हाय, कर्मांत। आ गए? आज का दिन कैसा रहा? तुम थके हुए दिख रहे हो।''

कर्मांत ने नयन की बात को नज़रअंदाज़ कर दिया और अपने बेटे को डाँटते हुए कहा, ''मैंने तुमसे कितनी बार कहा है कि टेलीफोन के पास रखे कागज़ों से मत खेला करो? क्या तुम एक बार में बात नहीं समझ सकते? बेवकूफ! निकम्मे कहीं के! नालायक!''

अपने ९ साल के बेटे पर आग-बबूला होते हुए कर्मांत सीधे अपने कमरे में चला गया। राजू ने अपना स्केच पेन का बॉक्स पैक किया और रोते-रोते अपनी माँ के पास भागा।

डिनर का माहौल भी बुरा था। डिनर के दौरान कर्मांत भोजन में मीनमेख निकालता रहा। इसके बाद कर्मांत ने हर दिन की तरह शराब के पैग पीए, टी.वी. चैनल्स पर नज़र डाली और फिर अगले दिन की प्रत्याशा में सो गया।

दो

''मि. मलहोत्रा, इस बार हम बेहतरीन काम करेंगे। हम इस बार आपको सबसे कम रेट पर सबसे अच्छी सेवा देने का वादा करते हैं। आप पिछले दो साल से हमारे ग्राहक हैं। अब आप अपना मन क्यों बदल रहे हैं... मेरा मतलब है, क्या गड़बड़ हुई है? क्या हमसे कोई गलती हो गई... आप बस बता दें, हम हर गलती, हर समस्या को ठीक कर देंगे। मैं आपको आश्वस्त करता हूँ...''

''नहीं, मि. कर्मांत। बात बस इतनी सी है कि हमने एक दूसरी कंपनी के साथ सौदा कर लिया है। मुझे पूरी उम्मीद है कि उस कंपनी से हमें ज्यादा अच्छी सेवा मिलेगी। आपकी डिलिवरी कभी समय पर नहीं होती है और आप हमारे मैनेजरों

से बड़े खराब अंदाज में बातचीत करते हैं। मैं इस नई कंपनी को एक मौका देना चाहता हूँ। इसका यह मतलब नहीं है कि हम आपकी कंपनी से संबंध तोड़ रहे हैं।"

मीटिंग नाकाम रही। सौदा नहीं हो पाया। इस वजह से कर्मांत बहुत हताश महसूस करने लगा। उसने केबिन का दरवाज़ा बंद किया और टेबल पर सिर रखकर बैठ गया।

केबिन पर दस्तक होने पर वह बोला, "अंदर आ जाओ।" उसे यकीन था कि एम.डी. ने उसे कोई संदेश भेजा होगा।

"सर, मि. पीटर ने आपको फौरन बुलाया है", रीना ने कर्मांत को चिंताभरी निगाह से देखते हुए कहा। वह जानती थी कि इसके बाद क्या होनेवाला है।

एम.डी. के केबिन के बाहर खड़े कर्मांत ने डर और चिंता भरे स्वर में पूछा, "क्या मैं अंदर आ सकता हूँ, सर?"

"हाँ, कर्मांत। आ जाओ। तो मि. मलहोत्रा के साथ तुम्हारी मीटिंग नाकाम रही?"

"हाँ सर, लेकिन किया भी क्या जा सकता है? वे कह रहे थे कि हम प्रोजेक्ट समय पर पूरे नहीं कर पाते हैं। इसी वजह से सारी गड़बड़ हो गई। अगर कंपनी के कर्मचारी अपना काम अच्छी तरह नहीं करते हैं तो मैं क्या कर सकता हूँ? यह तो कर्मचारियों की जिम्मेदारी है कि वे समय पर काम करके मुझे दें! मैं अकेला हर काम तो नहीं कर सकता! और वे छुट्टियाँ भी तो बहुत लेते हैं..."

"छोड़ो, कर्मांत! अपना घिसा-पिटा टेप बंद करो। क्या तुम्हें एहसास नहीं है कि हम कर्मचारियों और उनके प्रदर्शन के कारण नहीं बल्कि तुम्हारे कारण बिजनेस गँवा रहे हैं। समस्या तुम हो। इस असफलता के इकलौते कारण तुम हो। क्या तुमने कभी अपनी बातचीत पर गौर किया है? हमेशा निराश, चिड़चिड़ी और थकी हुई। तुम कभी सही वक्त पर सही चीजें नहीं कहते हो... और सही अंदाज में भी नहीं कहते हो। सही संवाद क्या होता है, यह तुम्हें पता ही नहीं है। तुम तो बस अपनी असफलता के लिए दूसरों को दोष देते रहते हो! ऑफिस के सभी कर्मचारियों को शिकायत है कि तुम उनसे सही तरह से बात नहीं करते हो और शब्दों के हंटर बरसाते हो। मि. मलहोत्रा ने यह सौदा सिर्फ इसलिए नहीं किया, क्योंकि तुम उनके मैनेजर्स से अच्छी तरह बातचीत नहीं करते हो! मैंने सोचा था कि तुम मेरे बिना कहे यह बात समझ लोगे। लेकिन तुम नहीं समझे। अब मुझे कठोर कदम उठाना होगा। अपना

काम करो और कल सुबह मुझसे मिलो।''

''जी सर,'' कर्मांत ने कहा और केबिन के बाहर आ गया। उस पल वह खुद को नाकाबिल और असफल मान रहा था।

उसका चिड़चिड़ा मूड दिनभर कायम रहा। रातभर वह अपनी बालकनी में बैठा-बैठा समुद्र तट को देखता रहा। उसने लहरों की गर्जना सुनी, जो चट्टानों से टकराते वक्त जमकर शोर करती थीं। अँधेरा न सिर्फ आसमान में, बल्कि उसके दिमाग और जिंदगी में भी फैला हुआ था। कर्मांत जिंदगी से इतना निराश था कि उसे चंद्रमा और सितारों की चमक नहीं दिखी। उसका दिमाग अँधेरे पर केंद्रित था और उसे ही देखते-देखते उसकी आँखें मुंद गईं।

अगली सुबह कर्मांत भारी दिल और भारी दिमाग के साथ उठा। उसके मन पर तनाव का इतना भारी बोझ था कि उसने अपने बच्चे की मासूम मुस्कान और अपनी पत्नी की चिंतातुर, प्रेमपूर्ण निगाह पर कोई ध्यान नहीं दिया।

उन्हें नजरअंदाज करते हुए उसने ऑफिस जाने की तैयारी की और मशीनी अंदाज में कार की तरफ बढ़ गया।

तनाव और निराशा की वजह से ऑफिस का सफर पलक झपकते ही कट गया। कंपनी में घुसते ही उसने एक अजीब बात पर गौर किया। हर कोई आँखें फाड़कर उसे घूरे जा रहा था। उसने सोचा, जाने क्या हो गया है... घूरती आँखों से बचते-बचाते वह रीना की टेबल के पास पहुँचा।

उसने चिंताभरे स्वर में रीना से पूछा, ''रीना, क्या हुआ? ऑफिस में क्या हुआ? क्या कोई गंभीर घटना हुई है?''

रीना की निगाह कर्मांत के चिंतित चेहरे से हटकर जमीन पर गड़ गई। कर्मांत को कुछ समझ नहीं आया और वह अपने केबिन की ओर चल दिया। रास्ते में लोग अब भी उसे घूरे जा रहे थे। उसने अपने केबिन का दरवाजा खोलने के लिए हाथ बढ़ाया लेकिन तभी उसे एहसास हुआ कि उसके नाम की नेम प्लेट गायब है।

सदमे और दुःख का एक जोरदार सैलाब आया, जिसने उसे चारों खाने चित्त कर दिया। उसे कुछ समझ नहीं आ रहा था। वह तो बस दरवाजे के सामने अवाक् खड़ा था और सूनी आँखों से उसे घूरे जा रहा था।

तभी उसे ऑफिस के चपरासी की आवाज सुनाई दी, ''सर, मि. पीटर आपको

याद कर रहे हैं। वे आपसे अपने केबिन में फौरन मिलना चाहते हैं।'' दोबारा होश में आते हुए कर्मांत बोला, ''हाँ, आ रहा हूँ।''

मैनेजिंग डायरेक्टर के दरवाजे पर दस्तक देते वक्त उसे वहाँ लगी नेम प्लेट दिखी। अचानक उसे नेम प्लेट का महत्व समझ में आ गया।

''अंदर आ जाओ, कर्मांत।'' कर्मांत भीतर जाकर टेबल के सामने खड़ा हो गया। पीटर ने उसे बैठने का इशारा किया। सीट पर बैठकर कर्मांत अपने बॉस को दुःखी अंदाज में देखता रहा।

''कर्मांत कल हमारे बोर्ड की मीटिंग हुई थी... ओह... मैं जानता हूँ कि इससे तुम्हें सदमा लगेगा लेकिन ... उफ... इसे सीधे-सीधे कहना ही ज्यादा अच्छा रहेगा। बोर्ड ने फैसला किया है कि तुम्हें दरअसल अपनी टीम के सदस्यों के साथ ज्यादा करीब से काम करने का मौका मिलना चाहिए। तो... अब तुम अपने केबिन में नहीं, बल्कि बड़े हॉल में उनके साथ बैठोगे।''

कर्मांत को जोर का झटका लगा, ''क्या आपने मेरा डिमोशन कर दिया है?''

''सुनो कर्मांत, अगर तुम इसे इस अंदाज में देखते हो, तो शायद तुम सबक नहीं सीख पाओगे। लेकिन अगर तुम इसे अलग तरीके से देखो...''

''क्या आप यह कह रहे हैं कि आपने मेरा डिमोशन सिर्फ इसलिए किया है क्योंकि मैं उस मूर्ख ग्राहक मि. मलहोत्रा के साथ सौदा नहीं कर पाया... मेरा मतलब है, यह तो बड़ा मूर्खतापूर्ण है! आप मेरा इतना अपमान और अनादर कैसे कर सकते हैं? मेरा मतलब है... बस एक असफल मीटिंग, क्या पागलपन है, हे भगवान, दुनिया में...''

''यह सब छोड़ो कर्मांत! मैंने तुम्हें बार-बार व्यवहार सुधारने की चेतावनी दी थी। लेकिन तुमने हमेशा मेरी चेतावनी को नजरअंदाज किया। तुमने कर्मचारियों और ग्राहकों के साथ हमेशा तुनकमिजाज और चिड़चिड़ा व्यवहार किया। मैं सोचता हूँ कि गुस्सा होने के बजाय तुम्हें तो हमारा एहसान मानना चाहिए कि मंदी के इस दौर में हमने तुम्हें नौकरी से नहीं निकाला!''

''क्या?!!! मुझे इस पर यकीन नहीं हो रहा है...''

''मैं सोचता हूँ कि तुम्हें घर जाकर अच्छी तरह सोच-विचार करना चाहिए। यहाँ पर बड़बड़ाने और अप्रिय स्थितियाँ उत्पन्न करने के बजाय तुम आज घर पर

छुट्टी मनाओ। अगर तुम्हें महसूस होता है कि तुम रिसर्च करनेवाली टीम के कर्मचारी बनकर कम तनख्वाह में काम कर सकते हो, तो तुम कल से कंपनी में आकर काम करने लगना। हम तीन महीनों तक तुम्हारे कामकाज और व्यवहार की निगरानी करेंगे। इसके बाद तुम्हारे भविष्य के बारे में फैसला किया जाएगा।''

कर्मांत आग-बबूला हो गया। वह अपना बैग उठाकर धड़धड़ाते हुए केबिन से बाहर निकला और उसने धड़ाम से दरवाजा बंद कर दिया। कर्मचारी उसे अब भी घूरे जा रहे थे, जिससे उसका गुस्सा और भी बढ़ गया। वह ऑफिस से लपककर कार में बैठा और घर की तरफ चल दिया।

तीन

मेरा डिमोशन कैसे हो सकता है? कभी नहीं। ये लोग पागल हैं, मानसिक रूप से बीमार हैं। वे नहीं जानते कि उन्होंने कितने महान व्यक्ति को खो दिया है! मैं रिसर्च लेवल पर कभी काम नहीं करूँगा! इस अपमान को सहन करने के बजाय मैं नौकरी छोड़ना ज्यादा पसंद करूँगा। कर्मांत के दिमाग में इसी तरह के विचार घुमड़ते रहे।

उसके जल्दी घर लौटने से नयन हैरान रह गई। वह चिंतित भी थी।

"तुम्हें क्या हुआ, कर्मांत? इतनी जल्दी घर कैसे लौट आए?"

"क्यों? तुम्हें क्या दिक्कत है? क्या मैं जल्दी घर नहीं आ सकता? या मेरे घर पर रहने से तुम्हें परेशानी होती है?"

"तुम हमेशा चिड़चिड़े ढंग से क्यों बात करते हो? तुम अच्छी तरह क्यों नहीं बोलते हो? जब देखो, तब चिल्लाते रहते हो। राजू भी तुम्हारे पास आने से घबराता है! और..."

"ओह, वही पुरानी कहानी दोबारा मत शुरू करो। दुनिया में मेरे पास तुम्हारी शिकायतें और राजू के रोने-धोने को सुनने से ज्यादा महत्त्वपूर्ण काम हैं।"

"मैं शिकायत नहीं कर रही हूँ, कर्मांत, लेकिन क्या हम बैठकर बातचीत नहीं कर सकते?"

"नहीं, मेरे पास इस सबके लिए वक्त नहीं है। मेरे स्टडी रूम में मत आना।

मुझे कुछ महत्त्वपूर्ण काम निबटाना है।'' यह कहकर उसने स्टडी रूम का दरवाजा धड़ाम से बंद कर लिया।

कर्मांत के इस व्यवहार का कारण न समझ पाने की वजह से नयन की आँखों में आँसू भर आए। राजू की खातिर उसने अपने आँसुओं को रोका और दोबारा सही होने की कोशिश की। छोटे राजू के चेहरे पर दहशत के भाव देखकर उसने अपनी भावनाएँ दबा लीं। उसने राजू को तसल्ली देते हुए दोबारा खेलने में लगा दिया।

हताशा में कर्मांत ने अपने सभी दोस्तों को फोन किया। उसने उनसे कहा कि वे उसे अपनी कंपनी में नौकरी दिलवाने की कोशिश करें। सबने उसे आश्वासन दिया, लेकिन घंटों गुजरने के बाद भी कहीं से कोई सकारात्मक जवाब नहीं मिला। तब कर्मांत को एहसास हुआ कि मंदी का दौर हर जगह फैल चुका है और उसे अपनी कंपनी में ही रहना होगा। अपनी आँखें बंद करके उसने अपना सिर स्टडी रूम की डेस्क पर रख लिया। नकारात्मकता, ग्लानि और हताशा की भावनाएँ उस पर हावी हो गईं।

वह निराश होकर रोने लगा। सफलता पाना इतना मुश्किल क्यों है? क्या कोई ऐसी नौकरी नहीं जिसमें मैं खुशी से काम कर पाऊँ? क्या मेरे विचारों में कोई गड़बड़ है? मेरा संवाद गलत क्यों है? मैं किसी को नुकसान नहीं पहुँचाना चाहता, किसी का बुरा नहीं करना चाहता? ये चीजें मेरी जिंदगी में ही क्यों हो रही हैं? क्या ईश्वर है? अगर हाँ, तो वह मुझे शांति से जिंदगी क्यों नहीं बिताने देता? मैं यह फैसला क्यों नहीं कर सकता कि टीम के लिए क्या अच्छा है? मैं टीम के कामकाज को असरदार क्यों नहीं बना सकता? मेरे निर्णय गलत क्यों होते हैं... मैं हमेशा चिंतित और थका-थका क्यों रहता हूँ? क्या मैं सचमुच कमजोर हूँ... मुझे अच्छा संवाद कैसे करना चाहिए... मैं सचमुच असफल हो चुका हूँ... मैं न अच्छा पिता बन पाया, न ही अच्छा पति, और अच्छा मैनेजर भी नहीं... पूरी तरह असफल इंसान की सच्ची मिसाल...

रात हो चुकी थी। ताजी हवा में साँस लेने के लिए कर्मांत अपनी खुली छत पर आ गया। नयन और राजू को सोया देखकर उसे राहत महसूस हुई। वह उनसे नजरें मिलाने से कतरा रहा था। वह समुद्र तट पर पहुँचकर भारी कदमों से चलने लगा। रेत में उसके कदमों के निशान बनते रहे। पानी उसके पैरों पर आ गया और उसके पीछे के निशान मिटाता रहा।

काश जिंदगी भी इतनी ही आसान होती, जो हमारी रोजमर्रा की मुश्किलों को इतनी ही जल्दी मिटा देती।

जब वह अँधेरे में ज्यादा आगे गया, तो उसके पैर रेत में किसी सख्त चीज से टकराए। उसने नीचे देखा। केतली की टोंटी जैसी कोई चीज दिख रही थी। उसने उसे हाथ में उठा लिया। चिराग! यह कैसा चिराग है? यह कहाँ से आया है... बड़ा पुराना लगता है... इस पर कुछ लिखा भी हुआ है, लेकिन मैं उसे नहीं पढ़ सकता... मैं इसे पानी से धोकर देखता हूँ।

धोने के बाद उसने इसे अपने हाथ में दोबारा लिया। यह एक पुराना चिराग था, जिस पर बेहतरीन नक्काशी थी। इस पर सुनहरे अक्षरों में लिखा था, अलादीन का चिराग। वह धीरे से हँसा और उसने अलादीन की तरह चिराग रगड़ा।

हिस्ससससससस... चिराग उसके हाथ से छिटककर दूर गिर गया। अँधेरे आसमान में उसके ऊपर एक जिन्न प्रकट हो गया। कर्मांत इतना भौंचक्का रह गया कि वह रेत पर गिर गया। उसे अपनी आँखों पर यकीन नहीं हुआ। डर के मारे वह काँपने लगा। उसने अपनी आँखें मलकर यह जाँच की कि कहीं वह सपना तो नहीं देख रहा है। यह सच था! यह सच था! उसके सामने एक जिन्न खड़ा था। वह सूट और टाई पहने था। उसके बाल पोनीटेल में बँधे थे। वह उसके ठीक सामने खड़ा था और उसे हैरानी से देखे जा रहा था।

''मेरे आका, मुझे बताएँ, मैं आपके लिए क्या कर सकता हूँ?'' जिन्न ने कर्मांत से मुस्कराते हुए पूछा। उसकी भड़कीली लाल टाई उसके कोट के भीतर से चमक रही थी।

''मुझे यकीन नहीं है कि तुम असली हो! क्या मैं तुमसे कोई भी चीज माँग सकता हूँ और तुम मेरी इच्छा पूरी कर दोगे?''

''देखिए, यह दरअसल इस बात पर निर्भर करता है कि आपकी इच्छा क्या है।''

''मेरी जिंदगी में ढेर सारी परेशानियाँ हैं। मेरा डिमोशन हो गया है। आज मैंने एक बड़ा सौदा गँवा दिया है और हर व्यक्ति मुझसे नफरत करता है, क्योंकि मैं सबसे बुरी तरह बोलता हूँ... और ... मेरा परिवार ... ओह, मेरी जिंदगी में इतनी सारी बुरी चीजें हैं कि मैं बता नहीं सकता!''

''मेरे आका कर्मांत श्रीवास्तव! क्या आप अपने नाम का मतलब जानते हैं?'' कर्मांत सवालीया नजरों से जिन्न की ओर देखने लगा।

''नहीं। पर क्यों?''

''कर्मांत का वास्तविक अर्थ है कर्म का अंत। अर्थात लिए हुए काम को पूरा करना। अपने हर कर्म को अंत तक पहुँचाना। तो कर्मांत, कर्म करते जाइए बाकी सब ठीक हो जाएगा। आपके नाम का एक बहुत गहरा अर्थ भी है। कर्मांत यानी कर्म और अकर्म के पार तेजकर्म... जैसे वेदांत का अर्थ है वेद और अवेद के पार स्वअनुभव, ठीक उसी तरह...।''

''मैं तुम्हारी बातें समझ नहीं पा रहा हूँ।''

''खैर छोड़िए, फिलहाल आपकी परेशानियों पर आते हैं। जैसा आप देख सकते हैं, मैं एक जिन्न हूँ। मैं सौदे दिलाने या चमत्कार करने में आपकी मदद नहीं कर सकता। मुझे यकीन है कि इंसान खुद अपनी जिंदगी में चमत्कार करने में सक्षम है। मैं तो आपके लक्ष्य हासिल करने में आपकी मदद कर सकता हूँ। मैं सही और असरदार संवाद करने की कला सिखाकर आपकी मुश्किलों को दूर करने में मदद कर सकता हूँ। मैं आपको सही संवाद कला के सिद्धांत सिखा सकता हूँ। अगर आप अपनी जिंदगी में उन पर अमल करेंगे, तो यकीनन अपनी तमाम मुश्किलों से उबरने में कामयाब हो जाएँगे। और सबसे बढ़कर, लोग आपकी बातचीत को पसंद करेंगे और आपसे प्रेम करेंगे।''

''सचमुच! क्या यह वाकई संभव है? क्या तुम मुझे सही संवाद कला के सारे सबक सिखा सकते हो? मैं अपनी जिंदगी, कामकाज और परिवार में ज्यादा सफल बनना चाहता हूँ।''

''आपकी इच्छा ही मेरा हुक्म है। बताएँ, आज आपकी समस्या क्या है?''

''मेरा डिमोशन हो गया है और मैं इसका अपमान सहन नहीं कर सकता। टीम के जिन सदस्यों को मैं आज तक आदेश देता था, कल से मैं उनके साथ बैठकर काम कैसे कर सकता हूँ? मैं यह हर्गिज नहीं कर सकता!''

जिन्न ने अपनी टाई ठीक की। उसने कर्मांत को खुद से सही संवाद करने की कला सिखाने का फैसला किया। वह उसे स्वसंवाद और स्वीकृति के सिद्धांत बताने जा रहा था। वह उसे सिखाना चाहता था कि सही संवाद योग्यता के लिए स्वसंवाद

और स्वीकार करना, ये दोनों बुनियादी चीजें महत्वपूर्ण हैं, क्योंकि इनके सहारे इंसान शांत रहकर समझदारी से संवाद कर सकता है। साथ ही वह हर तरह की नौकरी में खुश रह सकता है।

चार

कर्मांत जिन्न के प्रकट होने से अब भी हैरान था, लेकिन वह उससे सही संवाद के सबक सीखने को उत्सुक था। वह नर्म रेत पर बैठकर जिन्न को गौर से देखता रहा, जो अपनी बात शुरू करनेवाला था।

''मैं आपकी परेशानी दूर करने के चार तरीके बताता हूँ। आप उनमें से कोई भी एक तरीका चुन सकते हैं। तो क्या आप तैयार हैं?''

''हाँ जिन्न।''

''तो ध्यान से सुनें। कई लोगों के मन में अपनी नौकरी को लेकर यह सवाल होता है कि मैं यह नौकरी करूँ क्या इसे छोड़ दूँ। ठीक वैसे ही जैसे आपकी आज की स्थिति है। इस दुविधा को सुलझाने के चार तरीके हैं। इनमें से एक तरीका आपको चुनना है। जब भी आपके सामने कोई ऐसा कार्य है, जिसमें आपका मन नहीं लगता तो पहला तरीका है कि उसे छोड़ दें।''

''नहीं नहीं जिन्न। मेरे परिवार का पेट इस नौकरी पर पलता है, मैं ऐसा नहीं कर सकता।''

''हाँ! इसलिए भी पहला तरीका चुनना उपयुक्त नहीं है क्योंकि कई लोग छोटी-छोटी बातों की वजह से अपनी नौकरी बदलते रहते हैं। वे एक जगह टिक नहीं पाते। मैं आपको यह विकल्प केवल इसलिए बता रहा हूँ ताकि आप इस पर मनन करें कि यह उपयुक्त है या नहीं।''

''ठीक है।''

''दूसरा तरीका है कि उस काम को बदल डालें यानी आप अपने कार्य में ऐसी क्या तबदीली ला सकते हो, जिससे आपको उस नौकरी में रुचि आने लग जाए? इस पर सोचें। दुनिया का ऐसा कोई काम नहीं है जिसमें रुचि नहीं लाई जा सकती। कुछ लोगों को गणित बोर लगता है मगर जब धीरे-धीरे उसके साथ खेलने लगते

हैं, नए-नए प्रयोग करने लगते हैं तो उन्हें पसंद आने लगता है।''

''उदाहरण के तौर पर एक ट्रक ड्राईवर बहुत बोर होता है। तो उसके काम को रुचिपूर्ण बनाने के लिए उसे बताया जा सकता है कि ड्राइविंग को विडीयो गेम की तरह समझो। जिसमें कोई कार सामने आ गई और आप समय से हट गए तो आपको अंक मिलेंगे। जब आप रास्ते से ट्रक चला रहे हो, तो स्वयं को अंक देते जाओ। एक ट्रक आई तो आप सही ढंग से बाजू हट गए, सही ढंग से टर्न लिया तो ५ अंक हो गए। इस तरह वह अपना कार्य अच्छे ढंग से कर पाएगा और उसमें रुचि भी बढ़ेगी। अब ट्रक चलाते हुए उसे मजा आएगा। पहले रास्ते में कोई बीच में आ जाए तो उसे गुस्सा आता होगा और वह उसे गालियाँ देता होगा परंतु अब उसे मजा आने लगेगा। सामनेवाले की गलती के बावजूद भी वह खुद परेशान नहीं होगा क्योंकि वह खेल रहा है। पहले जो काम उसे बोझ लगता था, अब वही काम उसे आनंद देने लगेगा।''

''यह मजेदार लग रहा है।''

''तीसरा तरीका है कि आप अपने काम को स्वीकार करो। क्योंकि जब तक आप स्वीकार नहीं करोगे तब तक परेशानी बंद नहीं होगी। जिस चीज को हम स्वीकार कर लेते हैं वह हमें परेशान करना बंद कर देती है।''

''चौथा तरीका है, काम के प्रति अपना दृष्टिकोण बदलो। अपने काम को एक नए आयाम से देखो। पूरी तरह नए तरीके से देखो। आप अपने काम को किस दृष्टिकोण से देखते हो, यह बहुत महत्त्वपूर्ण है। अपने काम को उच्च दृष्टिकोण से देखोगे तो समझ में आएगा कि इस काम से मेरे दिमाग का बहुत विकास हो रहा है... इस काम में ऐसी कई बातें हैं जो मुझे आगे काम में आनेवाली हैं... यह काम मेरे शरीर को तैयार करने के लिए है। अगर यह तरीका समझ गए तो विश्व में कहीं भी काम कर पाओगे।''

''मैं पहले दो तरीकों से इतना सहमत नहीं हूँ। मैं तीसरे तरीके को और गहराई से समझना चाहता हूँ।''

''ठीक है तो सुनिए। हमारी जिंदगी में कई अनचाही स्थितियाँ और लोग आते हैं, जो हमें दुःखी बनाते हैं। एक छोटा, लेकिन बहुत ताकतवर मंत्र है, जो आपकी जिंदगी को नाटकीय ढंग से बदल सकता है। इससे आपको शांति और खुशी मिल सकती है। वह मंत्र है –

हर तरह की नौकरी में खुश कैसे रहें 18

"क्या मैं इसे स्वीकार कर सकता हूँ?"

"'इसे' का मतलब वह चीज है, जो बाहर या भीतर से आप पर असर डाल रही है। मिसाल के तौर पर, कोई अप्रिय घटना हो गई है या आपको किसी अनचाहे व्यक्ति से निबटना है। ऐसे में खुद से बस इतना पूछें, 'क्या मैं इसे स्वीकार कर सकता हूँ?'

"इस तरह जब हम किसी स्थिति या व्यक्ति को स्वीकार कर लेते हैं, तो उनसे निबटने की हमारी शक्ति बहुत बढ़ जाती है। यह छोटा सा मंत्र बड़े चमत्कार कर सकता है। जब भी लोगों से निबटने वक्त कोई समस्या आती है, तो छुटपुट घटनाओं के मामले में आपका जवाब हमेशा 'हाँ' होगा। आपने खुद से यह सवाल नहीं पूछा, इसीलिए आप लोगों से दूर हो गए और अपने खोल में बंद होकर रह गए। इस मंत्र का इस्तेमाल करने पर आप कभी सिमटी हुई या कैद जिंदगी नहीं जीएँगे, बल्कि हर परेशान करनेवाली चीज का डटकर सामना करेंगे।"

कर्मांत ने पूछा, "तुम्हारा मतलब है, डिमोशन होने पर मुझे खुद से पूछना चाहिए कि क्या मैं डिमोशन को स्वीकार कर सकता हूँ?"

"हाँ। आपको इस मंत्र से फायदा उठाना चाहिए। डिमोशन को स्वीकार करने के बाद ही आप इसकी समस्याओं और चोट के पार देखने में समर्थ होंगे। इसके बाद ही आप यह सोच पाएँगे कि आपको दोबारा प्रमोशन कैसे मिल सकता है। संक्षेप में, उस स्थिति में डिमोशन आपके लिए समस्या नहीं रहेगा। तब आप इसे ऐसी प्रक्रिया के रूप में स्वीकार कर लेंगे, जिससे आपको स्वेच्छा से गुजरना है। इसके बाद आप सफलता पाने का रास्ता खोज सकते हैं।"

"लेकिन अगर इस सवाल का जवाब ना हो। क्या मैं इसे स्वीकार नहीं कर सकता?"

"अगर इस मंत्र का आपका जवाब हो, 'नहीं, मैं इसे स्वीकार नहीं कर सकता,' तो आपको अ-स्वीकृति को भी स्वीकार करना चाहिए। आपको अच्छी तरह समझाने के लिए मैं एक उदाहरण देता हूँ। अगर आप महसूस करते हैं, 'मैं इस आदमी का चेहरा बर्दाश्त नहीं कर सकता,' तो खुद से पूछें, 'क्या मैं अपनी अ-स्वीकृति को स्वीकार करता हूँ?' अगर आप चिंतित हैं और चिंता आपको लगातार खाए जा रही है, तो खुद से पूछें, 'क्या मैं इस चिंता को स्वीकार कर सकता हूँ?' आपका जवाब होगा, 'ठीक है, तो मैं चिंतित हूँ। मैं इसे स्वीकार करता हूँ।'

"इस तरह जब आप अपनी अ-स्वीकृति को स्वीकार करते हैं, तो एक नई चीज उत्पन्न होती है। जब आप खुद को और अपने दोषों को स्वीकार करने लगते हैं, तो आप न सिर्फ खुद के साथ आरामदेह रहेंगे, बल्कि दूसरों को तथा उनके दोषों को भी आसानी से स्वीकार कर सकेंगे।"

कर्मांत बोला, "ठीक है। अब मैं समझ गया। लेकिन अगर मैं हर चीज को स्वीकार कर लेता हूँ, तो गलत या गड़बड़ स्थितियाँ कैसे बदलेंगी?"

"अगर कोई स्थिति गलत है, तो आपको उसे बेशक बदलना चाहिए, लेकिन अपने दोनों हाथ खोलने के बाद। सबसे पहले तो आपको उस समस्या को स्वीकार करना होगा। एक बार जब आप यह कर लेते हैं, तो आप उस समस्या के दुःख और चिंता से परे देखने लगते हैं। तब आप उस समस्या को हल करने के लिए तैयार हो जाते हैं। स्वीकृति के बाद सभी चीजें आसानी से घुल जाती हैं, उन्हें आपके भीतर रुकने का ठिकाना नहीं मिलता है।

नदी की तरह ही जीवन की भी सीमा या सरहद होती है। जब आप दुःख में होते हैं तो उसे सीमाएँ दे देते हैं, जिससे दुःख की नदी बनती है। अगर आप इन सीमाओं को हटा देते हैं तो पानी भाप बनकर उड़ जाएगा और दुःख गायब हो जाएगा।"

कर्मांत ने कहा, "वाह। मैंने कभी चीजों को इस तरह करने के बारे में नहीं सोचा। जब मेरी इच्छा पूरी नहीं होती थी, तो मैं हमेशा चिढ़ जाता था और स्थिति को स्वीकार नहीं करता था। अब मुझे एक नया रास्ता मिल गया है। अब मुझे एक नया मंत्र मिल गया है। लेकिन मैं स्थिति को स्वीकार करूँ या अस्वीकार, मेरा दिमाग उसकी नकारात्मक बातों के बारे में लगातार चिंतित रहता है। इन विचारों की वजह से मुझे कोफ्त होती है और मैं नाराज हो जाता हूँ। मुझे क्या करना चाहिए?"

जिन्न ने पूछा, "क्या आपको इस बात का एहसास है कि परेशान विचारों की वजह से आपको दूसरों के साथ संवाद करने में भी परेशानी होती है?"

"हाँ। मुझे ऐसा ही लगता है। क्योंकि परेशान होने पर मैं लोगों पर चिल्लाने लगता हूँ, नाराज हो जाता हूँ और कटु शब्दों का इस्तेमाल करता हूँ।"

"बड़बोले अकर्मचारी बनने से अच्छा है कि सच्चे कर्माचार्य बनें। बड़बोले अकर्मचारी बोलते ज्यादा हैं लेकिन काम कम करते हैं। सच्चा कर्माचार्य अपने कर्म से सही संप्रेषण कर परिणाम ला पाता है।"

"पर मैं सच्चा कर्माचार्य कैसे बन सकता हूँ?"

"यह समझने के लिए, मुझे बताएँ कि विचार क्या है?"

"यह भला कैसा सवाल हुआ? विचार तो विचार ही होता है!"

"मैं आपके लिए इसे थोड़ा आसान बना देता हूँ। इसे इस तरह भी तो कह सकते हैं : विचार वह संवाद है, जो हम खुद के साथ करते हैं। या इसकी बेहतर शब्दावली हो सकती है – आत्मचर्चा।"

"हाँ, सही कहा। विचार और कुछ नहीं, बल्कि खुद के साथ किया गया संवाद है! वाह! यह तो सचमुच बेहतरीन बात है। मैं अब गहराई तक पहुँच रहा हूँ। मैंने यह तो कभी सोचा ही नहीं था! किसी ने मुझे यह बताया ही नहीं! जिन्न, तुम वाकई कमाल के हो!"

"धन्यवाद! ठीक है तो अब सुनें। क्या आप खुद को नियंत्रित करते हैं या फिर दूसरों को खुद पर नियंत्रण करने की अनुमति देते हैं? अगर आप दूसरों को खुद पर नियंत्रण करने की अनुमति देते हैं, तो इसका मतलब यह है कि आपकी जिंदगी का रिमोट कंट्रोल किसी दूसरे के हाथ में है। जब आप हमेशा अपने दिल से जुड़े होते हैं और अनुशासित तथा सुखद जीवन जीते हैं, तब आपका रिमोट कंट्रोल आपके खुद के हाथों में होता है।

"इंसान भाषा के जरिए दूसरों से संवाद करता है, लेकिन खुद के साथ वह मौन संवाद करता है। संवाद वह माध्यम है, जिससे वह लोगों तक अपनी बात पहुँचाता है। यह समझना महत्त्वपूर्ण है कि इंसान बाहर और भीतर किस तरह संवाद करता है।

कर्मांत ने कहा, "लेकिन मैं तो खुद के साथ संवाद करते वक्त सही बातें बोलता हूँ।"

"अगर कोई व्यक्ति दूसरों से बात करते वक्त गलत शब्द बोलता है, तो आस-पास के लोग (जैसे माता-पिता, दोस्त, शिक्षक और शुभचिंतक) फौरन टोककर उसकी गलती सुधार देते हैं, 'तुम्हें इस तरह नहीं बोलना चाहिए।' बहरहाल, जब वही व्यक्ति मन ही मन खुद से गलत शब्द बोलता है, तो उसे सुधारनेवाला कोई नहीं होता। बड़े होने तक हम बाहरी दुनिया के लोगों के साथ सही बातचीत करने की कला सीख लेते हैं। बहरहाल, हम दो कारणों से सफल आत्मचर्चा की कला

कभी नहीं सीख पाते हैं -

हमें कभी आत्मचर्चा की कला सीखने की जरूरत ही महसूस नहीं होती।

हमें ऐसा कोई व्यक्ति नहीं मिल पाता है, जो इस कला में माहिर हो और इसमें हमारा मार्गदर्शन कर सके।''

कर्मांत बोला, ''ओह हाँ! अब मैं समझा! मैं दिनभर अपने ऑफिस के कामकाज में व्यस्त रहता हूँ। मुझे तो सोचने का वक्त ही नहीं मिलता। मैं इस बात पर गौर ही नहीं कर पाता कि मैं खुद से सही बातें बोल रहा हूँ या नहीं!''

जिन्न ने कहा, ''हाँ! सही तरह से आत्मचर्चा करना हमारे लिए बहुत महत्त्वपूर्ण है। आत्मचर्चा की सही तकनीक से ही हम अपने संबंध बेहतर बना सकते हैं और सर्वांगीण आत्मविकास कर सकते हैं। यह हमारे भीतर का जादू है।

''हमें आत्मचर्चा का व्याकरण सीखने की जरूरत है। आत्मचर्चा में कुछ शब्दों का इस्तेमाल नहीं करना चाहिए। दूसरों के साथ अच्छे संबंध कायम रखने के लिए हमें अपमानजनक शब्दों से बचना चाहिए। इसी तरह, हमें अपने आंतरिक स्वरूप के साथ अच्छे और स्वस्थ संबंध कायम रखने के लिए भी नकारात्मक विचारों को दूर रखना चाहिए।

''आत्मचर्चा में विराम चिन्हों के इस्तेमाल का महत्व समझना भी जरूरी है। हमें पता होना चाहिए कि कहाँ कॉमा लगाना है और कहाँ पूर्ण विराम की जरूरत है। आत्मचर्चा की सही तकनीक से हम खुद के साथ अच्छा संवाद कर सकते हैं। इससे हमें मानसिक शांति मिलती है। फिर यह सकारात्मकता दूसरों के साथ हमारे व्यवहार में भी झलकने लगती है। इसे परफेक्ट कम्युनिकेशन कहा जा सकता है। जब तुम परफेक्ट कम्युनिकेशन करने लगोगे तो यह तुम्हारी पहचान भी बन सकती है। फिर तुम इसे 'कर्मांत कम्युनिकेशन' भी कह सकते हो।'' जिन्न ने कर्मांत को प्रेरित करते हुए कहा।

''हर व्यक्ति जानना चाहता है कि उसका दुःख किस तरह खत्म हो और उसकी जिंदगी की मुश्किलें कैसे दूर हों। इसका रहस्य है सही आत्मचर्चा। आत्मचर्चा और कुछ नहीं, खुद के साथ किया जानेवाला मौन संवाद है। इसी तरह, मौन संवाद और कुछ नहीं, बल्कि हमारे मस्तिष्क में चलनेवाले विचार हैं। विचार वह आत्मचर्चा हैं, जो हम अपने साथ करते हैं।

"तो आइए, हम कुछ सिद्धांत समझ लें, जो खुद के साथ सही संवाद करने के लिए महत्त्वपूर्ण होते हैं :

१. कोई भी घटना अपने आप में सुखद या दुःखद नहीं होती। सुख या दुःख तो उस घटना के वक्त हुई आत्मचर्चा की वजह से उत्पन्न होता है।

२. हम अपनी आत्मचर्चा से अपना संसार बनाते हैं। इसी से हम अपने लिए स्वर्ग या नरक बनाते हैं।

३. जब तक आप दुःखी न होना चाहें, तब तक आपको कोई दुःखी नहीं कर सकता।

४. सही आत्मचर्चा से अपने विचारों को सही दिशा दें, क्योंकि गलत आत्मचर्चा ही सभी दुःखों की जड़ है। इंसान की समस्या उसके भीतर होती है। इसी तरह समाधान भी उसके भीतर ही होता है।

५. जब आप खुद के साथ नकारात्मक आत्मचर्चा करते हैं, तो आप अपने भीतर नकारात्मकता का भंडार बनाने लगते हैं। फिर यह नकारात्मकता आपके भावों या शब्दों के जरिए दूसरों के साथ आपके संवाद में भी प्रवाहित होने लगती है।

नकारात्मक आत्मचर्चा खुद के साथ स्पष्ट संवाद में बहुत बड़ी समस्या है। यह सुखद जीवन की राह में भी बहुत बड़ी बाधा है।"

कर्मांत ने पूछा, "लेकिन मान लो, मैं किसी काम में नाकाम हो जाऊँ, या ऑफिस में मुश्किल लोगों या स्थितियों से मेरा पाला पड़े, तब मुझे कैसी आत्मचर्चा करनी चाहिए?"

"हाँ, यह बड़ा महत्त्वपूर्ण सवाल है। मेरा जवाब गौर से सुनें। हमारे सामने बहुत से विचारशील संदेश आते हैं, जो हमारी जिंदगी बदल सकते हैं, लेकिन उन्हें समझने से पहले ही हम उन्हें खारिज कर देते हैं। इसकी वजह है नकारात्मक आत्मचर्चा। जब भी आपकी जिंदगी में कोई घटना हो, तो चाहे वह अच्छी हो या बुरी, खुद से कहें, 'यह भी गुजर जाएगी।' यह वाक्य जादुई आत्मचर्चा का सार है। आत्मचर्चा जिंदगी के तमाम उतार-चढ़ावों में आपकी मदद करेगी।"

"वाह, ये तो बेहतरीन फॉर्मूले हैं। क्या तुम्हारे पास कामयाबी हासिल करने के भी कुछ फॉर्मूले हैं। यदि हैं तो मुझे बताओ, प्लीज!"

"सफलता हासिल करने का सबसे अच्छा एक ही फॉर्मूला है कि आप सफलता के मिथकों से मुक्त हो जाएँ।"

"सफलता के मिथक?"

"हाँ! लोगों के अंदर सफलता को लेकर कई मान्यताएँ होती हैं जैसे ज्ञान के बिना सफलता प्राप्त नहीं हो सकती। शिक्षा के बिना सफलता प्राप्त नहीं हो सकती। अँग्रेजी के ज्ञान के बिना सफलता नहीं मिलती। सफलता के लिए भाग्यशाली होना महत्त्वपूर्ण है। अच्छे संपर्कों के बिना कामयाबी नहीं मिलती। यदि कोई महिला आपके पीछे न हो, तो आप कामयाब नहीं हो सकते। कामयाब होने के लिए दौलतमंद परिवार में पैदा होना चाहिए... इत्यादि।

हालाँकि इन घटकों में से प्रत्येक कामयाबी दिलाने में सहायक होता है, लेकिन वे अनिवार्य नहीं हैं।"

"यदि ये सभी बातें मिथक हैं तो सच्चाई क्या है?"

"वाकई में सफल पानी है तो सफलता त्रिकोण के तीन आसान कदमों जो जानना महत्त्वपूर्ण है : अपने निशान पर, तैयार, और दौड़ो। अर्थात १. अपना लक्ष्य तय करें (अपने निशान पर) २. अपने लक्ष्य तक पहुँचने के लिए तैयारी करें (तैयार) ३. अपने काम की योजना बनाएँ और योजना के हिसाब से काम करें (दौड़ो)।"

"तुम्हारी बातें सुनकर मुझे भी सफलता के विषय में अपनी धारणाएँ याद आ रही हैं। तुम मुझे बताओ कि ये धारणाएँ सही हैं या गलत? मैं सोचता हूँ कि सफल होने में बहुत समय लगता है। सफलता सिर्फ अनुभव से मिलती है। सफलता का मतलब है बहुत ज्यादा मेहनत।"

"ये भी सफलता के मिथक हैं। इनमें तथ्य नहीं है। आज ऐसे उदाहरण हैं जहाँ लोग नवाचार के माध्यम से बड़ी आसानी से सफल हुए हैं। लोग चाहे जिस उम्र के रहे हों, सफल हुए हैं। अगर दूसरे ऐसा कर सकते हैं, तो आप भी कर सकते हैं।

अवसर विभिन्न वेशों में दरवाजा खटखटाता है लेकिन कई लोग तो इस बारे में जागरूक ही नहीं रहते हैं और सफलता के कई अवसरों को गुजर जाने देते हैं। हर समस्या और हर मुश्किल दुःख के वेश में छिपा अवसर है। अक्सर अवसर पिछले दरवाजे पर आकर ही खटखटाता है और ज्यादातर वक्त हम दरवाजा नहीं खोलते इसलिए यह चला जाता है। अपना दरवाजा खटखटानेवाले हर अवसर के बारे में

जागरूक बनें।"

"जिन्न। सफलता के और कौन से मिथक हैं?"

"कई लोग सोचते हैं कि सफल होने के लिए बिजनेस का ज्ञान होना जरूरी है। सफल होने के लिए पूँजी की जरूरत है; हर बात घूम-फिरकर पैसे पर आ जाती है।

कुछ लोग मानते हैं हम तभी सफल हो सकते हैं, जब हमारे पास कोई बहुत अनूठी या नई चीज हो। जब कि वास्तविकता यह है कि ऐसे लोगों के बहुत से उदाहरण हैं, जिनके पास पैसा या ज्ञान नहीं था, लेकिन दूसरों को प्रेरित करने की योग्यता के सहारे वे सफलता के शिखर पर पहुँच गए।

इस तरह सफलता के तो कई मिथक लोगों ने बना रखे हैं। आपको ये सभी मिथक बताने का उद्देश्य यह है कि आप इनसे मुक्त हो जाएँ। यदि आपके दिमाग में ऐसे मिथक होंगे तो सफलता आपसे कोसों दूर होगी। बिना कोई मान्यता बनाए सफलता प्राप्ति की कोशिश करेंगे तो आप जल्द ही सफल हो पाएँगे।"

"वाह जिन्न। अच्छा है कि ये मिथक मेरे प्रकाश में आ गए। अब मैं इनसे मुक्त हो सकता हूँ। क्या मैं तुम्हारी बातों को अपनी डायरी में लिख सकता हूँ? क्या तुम तब तक यहीं रुकोगे?"

"नहीं, हमारी आज की बातचीत खत्म। मुझे अब सोने जाना है।"

"क्या जिन्न भी सोते हैं? ओह नहीं! तुम्हें अभी और बातचीत करनी होगी।"

"क्यों न आप इसी वक्त मेरी बताई बात पर अमल शुरू कर दें?"

"कौन सी बात?"

"बस यह स्वीकार कर लें कि आज की हमारी बातचीत खत्म हो गई।"

"हा हा हा हा। जिन्न, तुम वाकई चतुर हो। ठीक है... मैं सोचता हूँ कि मैं इसे स्वीकार कर सकता हूँ। लेकिन उन दूसरे सबकों का क्या होगा, जो तुमने मुझे सिखाने का वादा किया था?"

"हम कल रात दोबारा मिलेंगे। तब मैं आपको दूसरे सबक सिखाऊँगा। तब तक आप ऑफिस में मेरे सबक पर अमल कर सकते हैं।"

"क्या यह सफल साबित होगा?"

''खुद आजमाकर देखना और मुझे बताना। गुड नाइट! कल ऑफिस में आपका दिन अच्छा गुजरे।''

''ठीक है... शुक्रिया जिन्न। तुम सचमुच बुद्धिमान हो। मैं कल तुमसे दोबारा मिलूँगा।''

''हिस्ससससससस... जिन्न दोबारा अपने चिराग में चला गया। शायद वह अच्छी नींद लेने गया था...

कर्मांत ने चिराग को कसकर पकड़ लिया। उसे अपने दिल के करीब रखते हुए वह चुपके से घर में घुसा। फिर सकारात्मक मानसिकता के साथ वह अपने बिस्तर पर पहुँच गया। खिड़की के बाहर अँधेरी रात में सितारे चमक रहे थे। उनकी झलक से आज उसकी आँखें चमक रही थीं और जब वे कुछ देर बाद बंद हुईं, तब भी उनमें सितारों की चमक बरकरार थी।

पाँच

सुबह जब नया दिन हुआ, तो कर्मांत की आँखों में रात की चमक कायम थी। उसने विचारों में मुस्कराते हुए अँगड़ाई ली। रात को जिन्न से हुई बातचीत के बारे में उसने नयन को कुछ नहीं बताया। वह ऑफिस जाने के लिए तैयार हुआ और शांति से चल दिया।

रास्ते में उसके मन में कई चिंताभरे विचार आए... आज का दिन कैसा रहेगा... लोग मेरे बारे में अब जाने क्या सोचेंगे... वे सोचेंगे कि मैं हार गया हूँ, असफल हो गया हूँ ... ओह नहीं!... मुझे तो आज अच्छी आत्मचर्चा के सिद्धांत पर अमल करना है... ठीक है, मैं आज अपने डिमोशन को स्वीकार करता हूँ। मैं यह भी स्वीकार करता हूँ कि अपने पुराने पद को दोबारा पाने के लिए मुझे कड़ी मेहनत करनी होगी।

सकारात्मक आत्मचर्चा के सिद्धांत पर अमल करते हुए वह उसी केबिन में गया, जिसके दरवाजे को कल उसने भड़भड़ाकर बंद किया था। हाँ, वह पीटर के केबिन में गया था।

''गुड मॉर्निंग। मैं लौट आया हूँ और मैं नए सिरे से काम करने के लिए तैयार हूँ। मैं अपने डिमोशन को स्वीकार करता हूँ और शर्मिंदा करनेवाली बातचीत के

बिना काम पर लौटना चाहता हूँ।''

पीटर यह सुनकर हैरान रह गया। वह कर्मांत की स्वीकृति को समझ नहीं पाया। ''ठीक है। मैं ऑफिस के चपरासी से कह दूँगा कि वह तुम्हारे लिए रिसर्च रूम की दाएँ हाथ की साइड टेबल खाली कर दे। तुम वहाँ अपना सामान रख सकते हो।''

''ठीक है,'' कर्मांत ने कहा और दरवाजे से बाहर निकल गया। वह एक खुले हॉल में पहुँच गया, जहाँ मौजूद सभी लोग उसे एकटक देखने लगे।

उसने चिढ़ भरी आवाज में चिल्लाकर कहा, ''क्या है? मुझे इस तरह क्यों घूर रहे हो? क्या मैं तुम लोगों को किसी दूसरे ग्रह का प्राणी लगता हूँ?''

सभी लोग दोबारा अपने काम में जुट गए।

वह अपनी नई डेस्क पर बैठ गया। जाहिर है, इसमें उसे शर्म आ रही थी। नए बॉस ने उसे इशारा करके अपने केबिन में बुलाया।

कर्मांत जैसे ही नए बॉस के केबिन में गया, वे बोले, ''जैसा आपको मालूम ही है, मैं इस टीम का मुखिया हूँ और आप मेरे अधीन काम करेंगे। आराम से रहें और किसी तरह की मदद की जरूरत हो, तो मुझे बता दें।''

''मुझे मालूम है कि आप इस टीम के मुखिया हैं। लेकिन शायद आप यह भूल गए हैं कि इस प्रोजेक्ट का मैनेजर मैं था! मुझे आपकी या टीम के किसी भी सदस्य की मदद की कोई जरूरत नहीं है। इसलिए यह बकवास रहने दें और मुझे चुपचाप अपना काम करने दें!'' कर्मांत गुस्से में बाहर निकल गया।

नए बॉस ने मन ही मन सोचा, ''वही पुराना घमंडी कर्मांत! कोई बदलाव नहीं! कितने अफसोस की बात है!''

वे लोग खुद को समझते क्या हैं... क्या मैं उन्हें मूर्ख लगता हूँ... क्या उन्हें पता नहीं है कि मैं किस पद पर था... बड़ी ही शर्मनाक घटना है और ... ओहहह नहींहींहीं... ठीक है, शांत हो जाओ... धीरज रखो... सही आत्मचर्चा करो ... सही आत्मचर्चा करो... सुधारो कर्मांत... जो चीजें हो चुकी हैं, उन्हें स्वीकार करो.... उफफ! अपनी भावनाओं पर काबू करते हुए वह अपनी नई कुर्सी पर बैठ गया, जो उसकी पुरानी कुर्सी से छोटी थी। उसे केबिन में बैठने की आदत थी, इसलिए अपने आस-पास की संकुचित जगह को देखकर वह सचमुच गुस्से में आ गया।

उसके बाईं तरफ बैठे एक कर्मचारी ने ताना मारा, ''कर्मांत, नई जगह कैसी लगी?'' कर्मांत को अपमान महसूस हुआ। वह कर्मचारी उसे ''सर'' के बजाय नाम लेकर बुला रहा था।

''तुम्हें पता नहीं है, मैं कौन हूँ? मूर्ख आदमी, मुझे 'कर्मांत' नहीं, 'सर' कहकर बुलाओ! मैं तुम्हारी एन्युअल रिपोर्ट गड़बड़ कर दूँगा...''

''जरा ठहरो। रिपोर्ट का जिक्र क्यों कर रहे हो? लगता है, तुम भूल गए हो कि इस वक्त तुम कहाँ बैठे हो, कर्मांत। इस बार हमारी रिपोर्ट तुम थोड़े ही लिखोगे। याद है, तुम इसी तरह हमारा अपमान करते थे। अब तुम्हारी बारी है। अब हर दिन इसी तरह के मजे के लिए तैयार हो जाओ।'' कर्मचारी व्यंग्य से मुस्कराया। बाकी सब कर्मचारी भी मुस्करा रहे थे। कर्मांत अपनी फाइलें उठाकर नए बॉस के पास गया। उसने आग्रह किया कि उसके बैठने की जगह बदल दी जाए, लेकिन कोई फायदा नहीं हुआ। एम.डी. का सख्त आदेश था कि उसे वहीं, उन सभी के साथ बैठना था।

उसकी रग-रग में नफरत और गुस्से की भावनाओं का उबाल आने लगा। फिर वह टीम मीटिंग में शामिल होने के लिए चल दिया। लेकिन अचानक एक बार फिर उसे ''क्या मैं इसे स्वीकार कर सकता हूँ?'' का मंत्र याद आया, जिससे वह शांत हो गया। उसने सबसे अच्छी तरह बातचीत करने और सकारात्मक सोचने का फैसला किया।

छह

मीटिंग शुरू करते हुए नए बॉस ने कहा, ''दोस्तों, हम यहाँ प्रोजेक्ट की प्रगति और इसकी डेडलाइन पर बातचीत करने के लिए इकट्ठे हुए हैं। अगले महीने की १५ तारीख को हमारी मीटिंग है और हमें इसकी पूरी तैयारी करनी है। यह बड़ी महत्त्वपूर्ण मीटिंग है और इसमें हमें ग्राहक को अपनी प्रगति की जानकारी देनी है। इस मीटिंग को बुलाने का मकसद यह है कि आप सभी सौंपा गया काम इसी महीने में पूरा कर लें और इसे गुणवत्ता मूल्यांकन समिती के पास समीक्षा के लिए भेज दें, ताकि ग्राहक के साथ होनेवाली मीटिंग की तैयारी की जा सके। कर्मांत, सुरेश तुम्हें बता देगा कि तुम्हें क्या करना है। सुरेश, आज लंच से पहले कर्मांत को उसके काम बता देना। ठीक है। किसी को कोई सवाल पूछना है?''

"नहीं…" सभी कर्मचारी बोले और काम शुरू करने के लिए अपनी डेस्क की तरफ चल दिए।

सुरेश ने कर्मांत को उसके कामों की सूची थमा दी।

लंच के दौरान कर्मांत अपनी डेस्क पर बैठकर काम करता रहा। जब भी वह कुछ करता था या बोलता था तो बाकी लोग उसे घूरने लगते थे। उसने टीम के किसी सदस्य से कोई बातचीत नहीं की और लंच में अकेले रहने का फैसला किया।

पूरा दिन खामोशी में गुजर गया। उसके भीतर हल्की सी निराशा का भाव था। लेकिन अब वह अपनी नई जगह और नए काम को स्वीकार कर चुका था। शाम तक वह अपने नए माहौल से तालमेल बिठाने में कामयाब हो गया था।

घर पहुँचने पर कर्मांत ने मुँह-हाथ धोए और चुपचाप अकेले डिनर किया।

जब आसमान में अँधेरा गहरा हो गया, तो उसने नयन और राजू के सोने का इंतजार किया। फिर वह दबे पाँव छत पर पहुँचा और वहाँ से चिराग उठाकर समुद्र तट की तरफ भागा। चिराग रगड़ने पर जिन्न हिस्सस की आवाज करता हुआ बाहर निकल आया।

"और सुनाओ दोस्त! आज का दिन कैसा गुजरा?"

"ठीक-ठाक ही रहा… मैं थोड़ा निराश महसूस कर रहा हूँ।"

"ठीक है। तो इस बात को स्वीकार कर लें कि आप निराश महसूस कर रहे हैं। फिर आगे बढ़कर इस समस्या का समाधान खोजें। सोच-विचार करें कि आप इस भावना से कैसे उभर सकते हैं।"

"लेकिन कैसे? मैं कोई समाधान नहीं खोज सकता।"

"ठीक है। मैं इसे खोजने में आपकी मदद करूँगा। मुझे बताएँ कि आज ऑफिस में क्या हुआ? क्या दोनों सबक कारगर नहीं रहे?"

"नहीं, वे कामयाब रहे। दरअसल आज मैं अपनी उम्मीद के उलट काफी शांत रहा और मैंने अपने डिमोशन को स्वीकार कर लिया। लेकिन अब कर्मचारी मुझे सताने लगे हैं। वे मेरे साथ बदतमीजी से पेश आ रहे हैं, क्योंकि मैंने भी उनके साथ ऐसा ही व्यवहार किया था। मैं उनकी बातें सुनकर गुस्से से पगला जाता हूँ।"

"ठीक है। यह तो ज्यादा बड़ी समस्या नहीं लगती है।"

"तुम यह कैसे कह सकते हो? तुम्हें मुश्किलों का सामना नहीं करना पड़ता है, इसलिए तुम तो आसानी से कुछ भी कह सकते हो।"

"ठीक है... ठीक है... पहले शांत हो जाएँ और फिर हम शांति से इस बारे में बात करते हैं। देखिए, चूँकि आपने उनके साथ बुरा बर्ताव किया, इसलिए वे भी आपके साथ ऐसा ही करेंगे। वे आपको यह सिखाना चाहते हैं कि जब कोई बुरी तरह बात करता है तो सचमुच चोट पहुँचती है। तो आपको इससे सबक सीखना होगा। एक बार जब आप उन्हें दिखा देते हैं कि आप बदल रहे हैं, उनके साथ अच्छा व्यवहार कर रहे हैं, तो धीरे-धीरे वे आपके दोस्त बन जाएँगे और फिर आपको स्वीकार कर लेंगे। लेकिन उनकी तरफ पहला कदम आपको बढ़ाना होगा।"

"लेकिन मैं यह कैसे करूँ? मुझे वाकई उन पर गुस्सा आता है। मैं अपने गुस्से पर काबू नहीं कर पाता। यही हालत घर पर है! मेरे गुस्से से नयन को बहुत ठेस लगती है। लेकिन मैं अपने गुस्से का क्या कर सकता हूँ? दरअसल मैंने यह फैसला किया है कि मैं चुप रहूँगा और किसी से बातचीत ही नहीं करूँगा!"

"चलो, आज कुछ नई चीजें सीखते हैं, जिससे आपको अपने गुस्से पर काबू करने और अपनी चुप्पी तोड़ने में मदद मिल सके।"

"क्या आपको सचमुच लगता है कि गुस्से पर काबू करने का कोई तरीका है? मैं १ से १०० तक की गिनती गिनने में यकीन नहीं करता हूँ। मुझे ठंडा पानी पीने या ऐसी ही किसी दूसरी चीज पर भी यकीन नहीं है। यह कभी कारगर नहीं हो सकता। जब भी आप बहस करते हैं, तो हर बार आपके आस-पास ठंडा पानी नहीं हो सकता और ऑफिस में गुस्सा आने पर मैं १०० तक की गिनती गिनने की कल्पना भी नहीं कर सकता!"

"ठीक है। हम इसे अलग तरह से सीखते हैं। सबसे पहले तो हम यह समझ लेते हैं कि गुस्सा है क्या। फिर हम इस पर काबू करने का तरीका सीखेंगे।"

"गुस्से पर काबू करने से सफल और असरदार संवाद में कैसे मदद मिलती है?"

"कर्मांत, यह बहुत आसान है। जिस तरह आत्मचर्चा और स्वीकृति से आपको अपने विचारों पर काबू करने और खुद के साथ सकारात्मक बातचीत करने में मदद मिलती है, उसी तरह गुस्से पर काबू करने से भी मिलती है। अगर आप अपने गुस्से पर काबू कर लेते हैं, तो आपको अपने सहकर्मियों के साथ सफल, शांत

और आनंददायक संवाद करने की कुंजी मिल जाती है।

"अगर आप लोगों पर नाराज होना छोड़ दें, तो लड़ाई-झगड़ा नहीं होगा। आप उनसे सही बातें कहेंगे। आप समझदारी से सोच सकेंगे। और सबसे बड़ी बात, आप अपनी टीम के सभी साथियों का समर्थन जीत लेंगे। गुस्से में आप कटु शब्द बोलते हैं और गलत संप्रेषण करते हैं। इस वजह से हर चीज गड़बड़ हो जाती है।"

"ठीक है। तो मैं अपने गुस्से पर काबू कैसे कर सकता हूँ?"

"चलो, पहले तो यह समझ लेते हैं कि गुस्सा आखिर है क्या। अक्सर गुस्से में लोग बुरी भाषा का इस्तेमाल करते हैं, दूसरों का अपमान करते हैं, चीखते हैं, चिल्लाते हैं या मार-पीट की नौबत भी आ जाती है। अगर किसी वजह से यह करना उनके लिए संभव न हो, तो चीजें फेंकने लगते हैं या तोड़-फोड़ करने लगते हैं। उनकी इकलौती इच्छा यह होती है कि वे किसी भी हालत में दूसरों से अपनी बात मनवा लें। अगर ऐसा नहीं होता है, तो वे इन विध्वंसक तरीकों से अपनी अप्रसन्नता व्यक्त करते हैं।"

"हाँ। मैं यह बात अच्छी तरह समझता हूँ। मैं भी इसी तरह नाराज होता था।"

"दरअसल, क्रोध का मतलब है दूसरों की गलतियों के लिए खुद को सजा देना। जब भी कोई दूसरे की गलतियाँ देखता है, तो वह नाराज हो जाता है। लेकिन वह यह भूल जाता है कि गुस्सा होकर वह खुद को सजा और यातना दे रहा है।"

कर्मांत ने आत्मविश्वास से कहा, "ऐसा कैसे हो सकता है? जब मैं गुस्सा होता हूँ, तो मुझे नहीं लगता कि मैं खुद को सजा दे रहा हूँ। उस वक्त तो गुस्सा होना और अपनी अप्रसन्नता जाहिर करना जरूरी लगता है।"

जिन्न मुस्कुराते हुए बोला, "उदाहरण देने से शायद आपको समझने में मदद मिलेगी। जब हम गन्ने का रस निकालनेवाली मशीन में गन्ना डालते हैं, तो क्या होता है? रस की मिठास मशीन को पहले मिलती है और दूसरों को बाद में। लेकिन मान लो, अगर हम मशीन में पत्थर डाल दें, तो क्या होगा? मशीन को पहले नुकसान होगा। इसी तरह हमारा शरीर मशीन है और पत्थर क्रोध के वे विचार हैं, जो हमें पहले नुकसान पहुँचाएँगे। अगर कोई व्यक्ति किसी को गाली देता है, तो इसका सामनेवाले पर नकारात्मक असर हो भी सकता है और नहीं भी। मगर गाली देनेवाले पर तो इसका असर होगा ही होगा।"

"ओह हाँ... मैं तुम्हारा मतलब समझ गया... मैंने एक बंबइया फिल्म देखी थी, जिसमें खलनायक ने अपने गैंग से पूछा कि हीरो को हराने के लिए क्या किया जाए। गैंग के एक सदस्य ने हीरो को जान से मारने की सलाह दी। इस बात पर खलनायक गुस्सा हो गया और उसने उस सदस्य को चाँटा मार दिया। सदस्य ने जब कारण पूछा, तो खलनायक ने स्पष्ट किया कि तुम्हें मारने से हालाँकि तुम्हें भी चोट पहुँची, लेकिन उससे पहले मेरे हाथ को चोट पहुँची। क्या यह सही है? यानी अगर हम दूसरों को नुकसान पहुँचाते हैं, तो अंतत: हमें भी नुकसान होगा। ठीक है?"

"हा हा हा। मुझे कहना पड़ेगा कि आप फिल्में अच्छी देखते हैं। हाँ, आपकी बात सही है। आपके लिए यह समझना महत्त्वपूर्ण है कि जब आप कटु शब्दों का इस्तेमाल करते हैं या नाराज होते हैं, तो आप दरअसल खुद को पहले सजा दे रहे हैं। यह जानने के बाद आप आसानी से गुस्से की आदत छोड़ सकते हैं। एक और महत्त्वपूर्ण चीज के बारे में जानना जरूरी है। यह है अहं। अहं और क्रोध दो दरिंदे हैं – एक सफेद है और दूसरा काला। सफेद दरिंदा काले जितना बुरा नहीं दिखता है, क्योंकि सफेद सूक्ष्म होता है, जबकि काला स्पष्ट होता है। अहं कारण है और क्रोध उसका परिणाम है। जब किसी के अहं को ठेस पहुँचती है, तो वह गुस्सा हो जाता है। अहं रोग है और क्रोध उसका लक्षण है।"

"गुस्से में कहे गए शब्द कितने महत्त्वपूर्ण होते हैं? क्या लोग उन्हें गंभीरता से लेते हैं?"

"आप इतिहास उठाकर देख लें, गुस्से में कहे गए शब्दों से युद्ध तक हुए हैं। महाभारत का युद्ध द्रोपदी के 'अंधा बाप और अंधा बेटा' शब्दों का परिणाम था। बिना जागरूकता के शब्द विनाश की ओर ले जा सकते हैं। आज भी तुम कुछ देशों में आतंकवाद देख सकते हो, जो युद्ध की स्थिति उत्पन्न करता है। इसका कारण है वैचारिक मतभेद, जो हमारा एक-दूसरे के साथ होता है। "एक सर्वे में यह पाया गया कि ८० प्रतिशत कैदी अपने अपराधों पर पछता रहे थे। उन्होंने कहा कि क्रोध के एक पल ने उनकी जिंदगी बर्बाद कर दी। गुस्सा और कुछ नहीं, क्षणिक पागलपन है।"

कर्मांत बोला, "हाँ, आपने सही कहा। मैं अब समझ गया हूँ कि अपने शब्दों और संवाद से गुस्से को निकालना कितना महत्त्वपूर्ण होता है।"

जिन्न ने आगे कहा, "गुस्सा सिर्फ विनाशकारी ही नहीं होता है। यह सृजनात्म

क भी हो सकता है। इसका सृजनात्मक इस्तेमाल करें। जैसे मान लें, कोई व्यक्ति गर्मी से परेशान है। वह बहुत विचलित हो जाता है और ऐसी चीज का आविष्कार करने में जुट जाता है, जो उसके दु:ख का अंत करे। अंतत: वह एक पंखे का आविष्कार कर लेता है। यह क्रोध का सृजनात्मक इस्तेमाल है।''

कर्मांत ने पूछा, ''मैं अपने विनाशकारी क्रोध से कैसे छुटकारा पा सकता हूँ? जब चीजें मेरे मनमाफिक नहीं होती हैं, तो मैं नाराज हो जाता हूँ। मैं कटु शब्दों का इस्तेमाल करता हूँ और बदतमीजी से पेश आता हूँ।''

जिन्न ने जवाब दिया, ''कई तरीके हैं, जिनका इस्तेमाल करके आप रुककर बोल सकते हैं या अपने गुस्से का इजहार कर सकते हैं। गहरी साँसें लें, क्षमा करना सीखें, बोलने से पहले लोगों को अपनी गलतियों या विचारों की सफाई देने का मौका दें, उनके तर्क को समझने के लिए उनके दृष्टिकोण से स्थिति को देखने की कोशिश करें। जब आप स्थिति को स्पष्ट करते हैं या सामनेवाले से स्पष्टीकरण माँगते हैं, तो बहुत सारी गलतफहमियाँ और गलत संप्रेषण हवा हो जाते हैं। तो सामनेवाले की बात पूरी होने का इंतजार करें और इसके बाद ही अपनी राय दें।''

''अपनी राय देने का सबसे अच्छा तरीका क्या है?''

जिन्न ने कहा, ''शांत स्पष्टीकरण ही सबसे अच्छा तरीका है। अगर गलती आपकी है, तो मान लें। अगर गलती सामनेवाले की है और उसे अपनी गलती पर अफसोस है, तो उसे क्षमा करना सीखें। उसे एक और मौका दें। लेकिन जो भी हो, अपनी राय देते वक्त कभी कटु शब्दों का इस्तेमाल न करें। किसी से यह न कहें कि वह बीमार और थका-थका दिख रहा है। या यह कि वह हमेशा गलतियाँ करता रहता है और वह कभी नहीं सुधर सकता। आपके शब्द उस व्यक्ति या आपके लिए गुस्से या रोग का कारण बन सकते हैं।

''आपके दिमाग में जो भी है, उसे खुलकर और ईमानदारी से बताएँ। अपने गुस्से का कारण शांति से बताएँ। इससे आपको शांत होने और बने रहने में मदद मिलेगी।''

कर्मांत ने कहा, ''यह सचमुच क्रोध पर काबू करने का बहुत बढ़िया सबक है। क्या ऐसा भी कोई तरीका है, जिससे मैं शारीरिक तौर पर अपने गुस्से पर काबू करना सीख सकता हूँ।''

"आपको शांत या शिथिल होना सीखना चाहिए। खुद के और परिवार के साथ कुछ वक्त गुजारें। आपको जो चीजें करना पसंद हो, उन्हें करें। फल और अच्छा भोजन खाएँ। व्यायाम करें। संभव हो तो साधना करें। करीबी लोगों को अपने दिल की भावनाएँ बताएँ। मुक्त महसूस करें।"

"मुक्त?"

"जब आपको क्रोध आए, तो खुद से पूछें कि ठीक-ठीक क्या हो रहा है? आपको कुछ जवाब मिलेंगे : आँखें लाल हो रही हैं, मुट्ठियाँ भिंच रही हैं, साँस तेज हो रही है, दिल की धड़कन तेज हो रही है वगैरह। जब आप इन चीजों को पहचानने और इन पर ध्यान केंद्रित करने की कोशिश करेंगे, तो आपका क्रोध गायब हो जाएगा।"

"यह सबक वाकई अच्छा है। मैं कल अपने ऑफिस में इन चीजों को आजमा सकता हूँ। मैं इसी पल क्रोध से छुटकारा पाना चाहता हूँ। मैं कर्मचारियों को दिखाना चाहता हूँ कि मैं भी अच्छा हूँ। मैं उनकी परवाह कर सकता हूँ। मैं एक अच्छा लीडर हूँ।"

जिन्न ने कहा, "हाँ, लेकिन इसमें माहिर होने के लिए आपको इसका अभ्यास करना होगा। और हमेशा याद रखें कि कभी लोगों से कतराने या उनसे बातचीत बंद करने की कोई जरूरत नहीं है। संवादहीनता संवाद का सबसे बुरा रूप है। चाहे यह ग्राहक के साथ हो, परिवार के सदस्य के साथ हो या ऑफिस के किसी कर्मचारी के साथ हो। हमेशा संवाद करें। जब इंसान चुप रहता है, तो सामनेवाला उसके बारे में गलत धारणाएँ बना लेता है और गलतफहमियाँ पैदा होने की आशंका बढ़ जाती है।"

"ठीक है। मैं यह समझ गया। मैं कल ऑफिस में यह सबक आजमाना चाहता हूँ।"

"बिलकुल। तो मैं अब अपने चिराग में जाकर कुछ अच्छे फलों का आनंद लेता हूँ।"

"विदा मित्र। मैं कल तुमसे फिर मिलता हूँ। तब तक अपने फलों का आनंद लो।"

एक बार फिर चिराग को अपने हाथों में कसकर पकड़े हुए कर्मांत इस बार

उछलता हुआ अपने कमरे में घुसा। वह आज खुश था। वह यह देखने के लिए उत्सुक था कि क्या वह कल ऑफिस में अपने गुस्से पर काबू कर सकता है।

दिल की खुशी के कारण उसकी आँखों की चमक बढ़ गई, जिस तरह चंद्रमा को देखने पर सितारों की चमक बढ़ जाती है। खुशी की मौन प्रार्थना के साथ वह शांति से सो गया। वह अपने तकिए की नर्मी को महसूस कर रहा था और उसके लिए कृतज्ञ था। वह वास्तव में ''सुखद स्वप्नलोक'' में पहुँच गया!

सात

आँखों में चमक, होठों पर मुस्कान और चेहरे पर शांति... वाह कर्मांत... आज तो तुम आकर्षक दिख रहे हो... कर्मांत ने खुद को शीशे में प्रशंसा भरी नज़रों से देखा। वह सोचने लगा कि इन अच्छे भावों की वजह से वह कितना अच्छा दिख रहा है - कम से कम इस वक्त। वह हमेशा ऐसा ही रहना चाहता था। अगर जिन्न न होता, तो वह इस मुश्किल वक्त को नहीं झेल पाता... धन्यवाद जिन्न। उसने मन ही मन कहा।

नाश्ता करने और नयन से विदा लेने के बाद वह ऑफिस की ओर चल दिया। आज उसे ऑफिस के माहौल से चिढ़ नहीं हो रही थी। वह सही आत्मचर्चा कर रहा था। वह आज अपने गुस्से पर काबू कर रहा था। इसकी बदौलत अपने आसपास के लोगों के साथ शुरुआती आधा दिन अच्छी तरह बीता।

उसका शांत व्यवहार देखकर उसके सहकर्मी चौंक गए। वे इसके पीछे का राज जानने के लिए बेताब थे।

''क्यों कर्मांत? क्या तुम केबिन में भी इतनी ही कड़ी मेहनत करते थे?'' उनमें से एक ने कहा और बाकी लोग हँसने लगे।

''हाँ, मैं करता था। लेकिन आज मुझे अहसास हो रहा है कि अगर मैं तुम लोगों के साथ शांति से संवाद करता, तो शायद ज्यादा कार्यकुशलता से काम कर पाता।''

उसके जवाब से पूरी टीम चौंक गई और खामोश हो गई। वहाँ अगर एक छोटी पिन भी गिरती, तो उसकी आवाज सुनाई दे जाती! खामोशी इतनी गहरी थी!

''क्या तुम्हें मालूम है, तुम उस कुर्सी पर जल्लाद की तरह व्यवहार करते थे।

हमसे पूछो, हम पर क्या गुजरती थी, हमें कैसा महसूस होता था। तुम तो केंकड़े की तरह हर सुबह हमारे सिर पर रेंगने लगते थे और जब भी हम अपनी तरफ से कोई काम करने या अपनी राय देने की कोशिश करते थे, तो तुम हमें हर बार काट लेते थे! उस वक्त आप मनोरोगी और बेरहम थे, सर!"

कर्मांत को महसूस हुआ कि उसका खून खौलने लगा है और उसकी आँखों में उतरने लगा है। उसके कान गर्म होने लगे थे। लेकिन जिन्न और आज के सबक को याद रखते हुए वह १०० से उल्टी गिनती गिनने लगा! १००... ९९...९८...९७... ९६...९०...८५...८०...!

मैं यकीन नहीं कर सकता कि मुझे १०० से उल्टी गिनती गिनना आज तक याद है... ओह, जिन्न इससे कितना खुश होगा...!

हालाँकि अब भी उसका खून गर्म था, लेकिन उसे एहसास हो गया कि उसकी कनपटी और चेहरे की नसें अब शिथिल होने लगी हैं।

"हाँ। मुझे अफसोस है कि मैंने तुम लोगों के साथ वैसा व्यवहार किया। शायद यह मुझे उसी वक्त सीख लेना चाहिए था। मैंने तुम सबको जो शब्द कहे, उनके लिए मैं शर्मिंदा हूँ। मैं जानता हूँ कि क्रोधपूर्ण शब्दों से किसी इंसान को कितनी चोट पहुँच सकती है, जैसी कि इस वक्त मुझे पहुँच रही है। माफ करना, दोस्तों!" इतना कहकर वह अपनी सीट से उठा और हवा खाने के लिए खुली छत की ओर बढ़ गया।

"वह ठीक तो है?"

"लगता है, वह मनोचिकित्सक की मदद ले रहा है, परामर्श ले रहा है या ऐसी ही कोई दूसरी चीज कर रहा है।"

"वह तो सिर्फ अच्छा दिखने का नाटक कर रहा है। वह दोबारा अपने पद पर पहुँचना चाहता है! असल कारण यही है। चलो काम पर लौटते हैं।"

"ओह नहीं। उसमें बदलाव तो यकीनन हो रहा है। उसकी आँखों पर गौर किया था। वह अपने गुस्से को काबू में करने और शांत रहने की कोशिश कर रहा था।"

"ठीक है, ठीक है। चलो काम पर लौटते हैं; हमें उसे देखने के आगे भी कई मौके मिलेंगे।"

११वीं मंजिल की छत की रेलिंग के कोने पर खड़े होकर कर्मांत ने नीचे देखा। कारों को देखकर उसके दिमाग में एक विचार आया, जो एक सबक था। कारें यहाँ से बहुत छोटी दिखती हैं। लेकिन नीचे पहुँचकर करीब से देखने पर मारुति ८०० जैसी छोटी कार भी काफी बड़ी दिखती है। शायद समस्याएँ और क्रोध भी उन्हीं जैसे होते हैं। हम उनके जितने करीब जाते हैं, वे उतने ही ज्यादा बड़े नजर आते हैं। उनकी तरफ उदासीन दृष्टिकोण से देखना ही बेहतर है, ताकि वे हमेशा छोटे दिख सकें।

आठ

जब घर लौटने का वक्त हुआ, तो उसके चेहरे पर सूर्यास्त की सुखद रोशनी पड़ रही थी और शाम की ठंडी हवा उसकी नसों को शांत कर रही थी। दिन खत्म हो गया था। आज उसने गुस्से पर काबू किया था। आज उसने अपने शब्दों से पलटकर वार करने की अपनी प्रबल इच्छा पर काबू किया था। यह कर्मांत के लिए एक बड़ी जीत थी। इस पर तो यकीनन खुश होना चाहिए। अपना रिमोट कंट्रोल अपने हाथों में लेना एक बेहतरीन भावना थी।

घर पहुँचने पर वह हल्के कदमों और मन से भीतर गया। उसने सीधे किचन में जाकर नयन का अभिवादन किया।

"हाय नयन! आज तुम कैसी हो और छोटा राजू कैसा है?"

नयन उसकी आवाज सुनकर चौंक गई। उसने कर्मांत का चेहरा गौर से देखा। छोटा राजू भी अपने पापा के चेहरे पर मुस्कान देखकर दुविधा में पड़ गया। उन दोनों को यकीन ही नहीं हो रहा था कि यह सच है। साँस रोककर नयन बस "ठीक" ही कह पाई।

उनके चेहरे के भाव देखकर कर्मांत को थोड़ी हँसी आई। उसने अपने कमरे में जाते हुए कहा, "नयन, मैं कुछ वक्त स्टडी में रहूँगा। क्या तुम कृपया मेरा डिनर वहाँ ला सकती हो?"

कृपया... हे भगवान... वह ठीक तो है?... वह तो आज बदला-बदला दिख रहा है... "हाँ, हाँ ... अभी लाती हूँ।" तेजी से उसकी प्लेट लगाते वक्त नयन के पूरे शरीर में खुशी की लहर दौड़ गई। ओह, मुझे अब भी इस पर यकीन नहीं हो रहा है!

सितारे एक बार फिर ठंडी रात के कंबल से अपना सिर बाहर निकालने लगे थे। अब कर्मांत ने समुद्र तट पर जाने का फैसला किया।

"हाय जिन्न। आज तुम कैसे हो? क्या तुमने कल अपने चिराग में फलों का आनंद लिया? दरअसल मैं यह पूछना चाहता था कि क्या मैं भी कभी तुम्हारे घर आ सकता हूँ?"

"हूँ। कोई आज विजयी और आत्मविश्वासी मूड में लगता है। मैंने फलों का आनंद लिया और मुझे आपके अच्छे प्रदर्शन को देखकर भी खुशी हुई। कोई अपनी नौकरी में खुश लग रहा था...!" जिन्न ने हँसते हुए कहा।

"हाँ। यह सब तुम्हारे कारण है! बहुत-बहुत धन्यवाद! मैंने आज अपने गुस्से पर काबू रखा और अपने संवाद को कई गुना बेहतर बना लिया। ऐसा व्यवहार करने पर मैं बहुत अच्छा महसूस करता हूँ। ऐसा लगता है कि जल्द ही टीम के हर व्यक्ति से मेरी दोस्ती हो जाएगी।"

जिन्न ने कहा, "अच्छी बात है लेकिन एक बात ध्यान रखें। चूँकि आज आपका इरादा अपने गुस्से पर काबू रखकर संवाद बेहतर करना था, इसलिए आपने इसे आसानी से कर लिया। यह हमेशा आपके दिमाग में मौजूद था। लेकिन याद रखें, यह अमल एक-दो दिन तक ही नहीं होना चाहिए। आपको इसे जिंदगीभर करना होगा। आपको शब्द बोलने से पहले उनके बारे में चेतन और जागरूक रहना होगा। इसलिए अच्छी तरह अभ्यास करें और यह बात हमेशा दिमाग में रखें, भले ही आपको दोबारा प्रमोशन मिल जाए।"

"हाँ, जिन्न। मैं ऐसा करूँगा... मैं वादा करता हूँ... आज जब मैंने लोगों के अपमानजनक शब्दों के बावजूद पलटकर अपमानजनक शब्द नहीं बोले, तो वे सचमुच हैरान रह गए। मेरे जाने के बाद उनकी प्रतिक्रिया जाने क्या रही होगी? क्या उन्हें मेरे बदलाव पर यकीन हुआ या फिर वे यह सोच रहे थे कि मैं नाटक कर रहा हूँ या चालें चल रहा हूँ? क्या तुम आज रात मुझे प्रतिक्रियाओं के बारे में सबक सिखा सकते हो? हर स्थिति में आदर्श प्रतिक्रिया कैसी होनी चाहिए?"

जिन्न बोला, "ठीक है। लेकिन मैं इसे थोड़े अलग तरीके से करना चाहूँगा। मैं कुछ सवाल पूछूँगा। आपको उनका सही जवाब देना होगा। मैं देखूँगा कि आप इसे कितना समझ पाते हैं। जहाँ आप सही जवाब नहीं खोज पाएँगे, मैं आपकी मदद कर दूँगा। मैं आपको कुछ संवादों के रोचक उदाहरण दूँगा। आप मुझे बताना कि

प्रतिक्रिया कैसी होनी चाहिए। अगर आप सही बताएँगे, तो मैं आपको इसके सबक बता दूँगा। ठीक है?''

कर्मांत ने बड़े रोमांच से कहा, ''बिलकुल! मैं तैयार हूँ।'' वह इतना रोमांचित था, जैसे वह कौन बनेगा करोड़पति में अमिताभ बच्चन के साथ हॉट सीट पर बैठा हो!

नौ

''एक बार एक भिखारी सड़क पर भीख माँग रहा था। एक राहगीर ने भिखारी से पूछा, 'तुम भीख क्यों माँग रहे हो? तुम कोई कामकाज क्यों नहीं करते हो?' भिखारी ने तत्काल बदतमीजी से जवाब दिया, 'मैंने सलाह नहीं, पैसा माँगा था...' यह कैसी प्रतिक्रिया है?''

''यह बदतमीजी और गुस्से से भरी प्रतिक्रिया है।''

''सही पहचाना! लोग जिंदगी में सबसे ज्यादा इसी तरह प्रतिक्रिया करते हैं। वे तत्काल गुस्से से भरा जवाब देते हैं। इसका मतलब है कि तेजी से प्रतिक्रिया करनेवाले लोग इस पहले तरीके पर चलकर जिंदगी गुजार देते हैं।''

कर्मांत ने बड़ी उत्सुकता से पूछा, ''इसका सबक क्या है?''

''जो लोग बिना सोचे-समझे तेजी से प्रतिक्रिया करते हैं, उन्हें अक्सर समस्याओं का सामना करना पड़ता है। वे हर जगह, हर स्थिति में इसी तरह प्रतिक्रिया करते हैं। मिसाल के तौर पर, अगर कोई लिफ्ट में उनसे पहले घुस जाता है, तो वे नाराज हो जाते हैं और लड़ना शुरू कर देते हैं।

''कुछ लोगों में तेजी से प्रतिक्रिया करने की आदत ही पड़ जाती है। अगर कोई उनसे कुछ कहता है, तो वे फौरन बदतमीजी भरे अंदाज में जवाब देते हैं। इस उदाहरण में तुमने देखा कि भिखारी ने फौरन गुस्से भरा जवाब दिया। वह जिंदगीभर भिखारी ही रहेगा। भले ही कोई उसकी गरीबी के दलदल से बाहर निकालने के लिए उसकी मदद करना चाहता हो, लेकिन वह विनम्रता के बजाय बदतमीजी से प्रतिक्रिया करता है। इसकी बदौलत कोई भी उसकी मदद नहीं करेगा, भले ही शुरुआत में उसका यह इरादा हो।

"किसी को भी फौरन, बदतमीजी भरी प्रतिक्रिया करके अपने अहं का प्रदर्शन नहीं करना चाहिए। इंसान अपने अहं का प्रदर्शन करता रहता है और इससे उसके दिल में प्रतिशोध की भावना बढ़ती है। जब भी उसकी जिंदगी में कोई घटना होती है, उसका दिमाग सोचता रहता है, 'उसे अकेले में तो मिलने दो। मैं उससे यह कहूँगा... मैं उससे वह कहूँगा...' जब तक वह गुस्से भरी प्रतिक्रिया नहीं कर लेता है, उसका अहं संतुष्ट नहीं होता है। अपना गुस्सा निकाल लेने के बाद कुछ समय तक वह संतुष्ट महसूस करता है। इस बारे में सावधान रहें और किसी भी तरह अपने अहं का प्रदर्शन न करें। अगर आप अपने अहं के गुलाम बन जाते हैं, तो जिंदगीभर इसी तरह के गलत संवाद के जाल में फँसे रहेंगे। तब आपकी पूरी जिंदगी इन जालों से बाहर निकलने में बीत जाएगी।

"तो सबक यह है – कभी गुस्से में फौरन प्रतिक्रिया न करें। जिंदगी में ऐसे पल होते हैं, जहाँ आपको तत्काल प्रतिक्रिया नहीं करनी चाहिए। क्रोध एक ऐसी ही अवस्था है। अगर आप हर मंच से फौरन प्रतिक्रिया करेंगे, तो हार जाएँगे।"

"मुझे लगता है कि मैं भी इसी तरह प्रतिक्रिया करता हूँ। क्या आप मुझे एक और उदाहरण दे सकते हैं, ताकि मैं इसे बेहतर समझ सकूँ।"

जिन्न ने उदाहरण देते हुए कहा, "एक गंजा आदमी कहीं जा रहा था। किसी ने उसके पीछे से कहा, 'चाँद चमक रहा है।' गंजे आदमी ने उस आदमी के सिर पर लाठी मारते हुए कहा, 'अब तारे भी देख लो।'"

कर्मांत जोर-जोर से हँसते हुए बोला, "हा हा हा! यह तो बड़ा ही मजेदार था!"

जिन्न ने कहा, "हाँ। इस उदाहरण में गंजा आदमी यह सोच रहा था कि उसने सामनेवाले को हरा दिया। वह यह नहीं जानता कि सामनेवाला उसे हराने की ताक में रहेगा और मौके तलाशेगा। वह मन ही मन उसे कोसेगा। इसलिए मेहरबानी करके यह समझ लें कि त्वरित क्रोधपूर्ण प्रतिक्रिया से सिर्फ आपकी हार होती है। इसीलिए गुस्से में शांति से प्रतिक्रिया करनी चाहिए। अगर धैर्यवान होने का कोई आदर्श समय है, तो यही है।"

"ठीक है। मैं अब अच्छी तरह समझ गया। यह मेरे लिए बहुत अच्छा सबक है। मैं खुद को बदल लूँगा।"

"यह सबक इस बारे में था कि गुस्से में आपको उत्तेजित नहीं होना चाहिए

और त्वरित प्रतिक्रिया नहीं करनी चाहिए। लेकिन कई अन्य स्थितियाँ भी होती हैं, जिनमें आपको सही प्रतिक्रिया सीखनी होगी।''

दस

कर्मांत ने आग्रह किया, ''कृपया मुझे वे सब बताएँ और उनके उदाहरण भी दें। मैं उन सभी को जानना चाहता हूँ।''

जिन्न ने उसकी बात मानते हुए कहा, ''ठीक है। जब भी आपका दिमाग नकारात्मक विचारों से भरा हो, तो त्वरित प्रतिक्रिया न करें। ऐसे वक्त विनम्र प्रतिक्रिया ही करें। इससे आपको बड़ी मदद मिलेगी और आप नकारात्मक विचारों को जीत लेंगे। कुछ लोग अपने गर्व को बचाने की खातिर तेजी से प्रतिक्रिया करते हैं। अपनी झूठी छवि बढ़ाने के लिए वे यहाँ-वहाँ से बहुत सारी चीजें बटोर लाते हैं और लोगों से कहते हैं, 'मैं यह चीज अमुक देश से खरीदकर लाया... ये कीमती चीजें अमुक-अमुक देश से लाया...' देखनेवाला उस वक्त तो हर चीज की तारीफ करता है, लेकिन बाद में उस आदमी को पता चलता है कि इस झूठी प्रतिष्ठा और गलत व्यवहार से उसे नुकसान ही हुआ है। इस झूठे घमंड की खातिर उसने कितना पैसा और समय खर्च कर डाला?

''कृपया झूठी तारीफ पाने के चक्कर में गलत प्रतिक्रिया न करें। अगर कोई किसी चूहे को मारने के लिए अपना मकान जला दे, तो क्या वह मूर्ख नहीं कहलाएगा?''

कर्मांत ने जिन्न के साथ सहमत होते हुए कहा, ''हाँ। मेरा एक सहकर्मी हमेशा विदेशों से खरीदी चीजों की डींगें मारता है। बाद में हमें पता चलता है कि वे हमारे ही शहर के चीनी बाजार में बिक रही हैं। इस तरह हमें उसके झूठ का पता चल जाता है।''

''सही कहा। आपको इस तरह की प्रतिक्रियाएँ नहीं करनी चाहिए। एक और उदाहरण देखें। किसी ने एक पागल से पूछा, 'तुम क्या लिख रहे हो?' पागल ने जवाब दिया, 'मैं खुद को एक पत्र लिख रहा हूँ।' उस आदमी ने दोबारा पूछा, 'तुमने क्या लिखा?' पागल गुस्से से बोला, 'मुझे कैसे पता चलेगा? अभी तक मुझे पत्र मिला ही नहीं है।' इस तरह की मूर्खता में न फँसें।

"जिंदगी में आपको कई मूर्ख लोग मिलेंगे, जिनके साथ आपको कभी त्वरित या गुस्से भरी प्रतिक्रिया नहीं करनी चाहिए। वे निरे मूर्ख होते हैं और इस बारे में सोचते ही नहीं हैं कि उनसे क्या कहा जा रहा है। वे स्वभाव से बहुत ओछी मानसिकता के होते हैं और आपको उनके साथ अपना संवाद संक्षिप्त रखना चाहिए।

"इसके अलावा, लोग दर्द और कष्ट में भी त्वरित और गुस्से भरी प्रतिक्रिया करते हैं। थोड़े से दर्द में ही वे चिल्लाने लगते हैं। कई बार तो वे इतनी तेजी से चिल्लाते हैं, जैसे उन्होंने किसी हत्या को होते देखा हो, जबकि मामले की जाँच करने पर पता चलता है कि उन्हें सिर्फ एक छोटा सा कॉकरोच दिखा था। इस तरह का व्यवहार अतिशयोक्तिपूर्ण प्रतिक्रिया का उदाहरण है।"

जिन्न ने आगे कहा, "जिंदगी में ज्यादातर लोग अतिशयोक्तिपूर्ण अंदाज में प्रतिक्रिया करते हैं। कोई कुछ कहता है और वे चिल्लाने लगते हैं। जब भी आप महसूस करें कि आप अतिशयोक्तिपूर्ण प्रतिक्रिया कर रहे हैं, तो अपनी मानसिकता पर गौर करें और खुद को याद दिलाएँ, 'यहाँ मुझे शांत रहना होगा।'

"इसका उदाहरण देखें। एक आदमी दौड़ता हुआ एक वेयरहाउस के मालिक के पास पहुँचा और बोला, 'गोदाम में आग लग गई है।' मालिक ने जवाब दिया, 'तो मैं परवाह क्यों करूँ?' उस आदमी ने कहा, 'सर, आग आपके गोदाम में लगी है।' मालिक ने ठंडे दिमाग से जवाब दिया, 'तो तुम्हें क्यों परवाह है?'

"इस तरह व्यवहार करने के लिए इंसान को खुद पर नियंत्रण करने की जरूरत है। बातचीत और संवाद में धैर्य रखने से आपको मानसिक शांति मिलेगी।"

कर्मांत ने पूछा, "तो फिर हमें त्वरित प्रतिक्रिया कब करनी चाहिए?"

"सुबह जागने के ठीक बाद का समय त्वरित प्रतिक्रिया के लिए सबसे उपयुक्त होता है। वहाँ धीमी प्रतिक्रिया की, तो आप दोबारा सो जाएँगे। इसी तरह नए काम या नई नौकरी में त्वरित प्रतिक्रिया करनी चाहिए, वरना अच्छा काम करने की प्रेरणा वक्त के साथ कमजोर हो जाएगी। कोई भी नया काम इंसान को मुश्किल लगता है, सिर्फ इसलिए क्योंकि वह नया है। इसी कारण किसी अपरिचित या अनजाने काम को पूरा करने में ज्यादा समय लेता है। इसीलिए वह नए काम को टालता रहता है। त्वरित प्रतिक्रिया करके आप जल्द ही उस काम को करने में माहिर हो जाएँगे। इसके साथ ही आप आसानी से सफलता भी हासिल कर लेंगे।"

कर्मांत ने कहा, "वाह जिन्न! त्वरित प्रतिक्रिया के बारे में ये कितने अद्भुत

सबक हैं! मैं कई बार ग्राहकों की डाक देखने में टालमटोल करता था। नतीजा यह होता था कि उनकी समस्याओं का जवाब देने में देर हो जाती थी और अंतत: गलतफहमी पैदा हो जाती थी।''

जिन्न ने पूछा, ''अब मुझे वे तीन बिंदु बताएँ, जहाँ आपको कभी त्वरित प्रतिक्रिया नहीं करनी चाहिए।''

''हमें गुस्से में त्वरित प्रतिक्रिया नहीं करनी चाहिए

तब भी नहीं, जब हमारे दिमाग में नकारात्मक विचार भरे हों

और मूर्ख या मनोरोगी के सामने भी नहीं,

कष्ट और डर में भी हमें त्वरित प्रतिक्रिया से बचना चाहिए।''

''बहुत बढ़िया! ठीक है, तो यह तो हुआ प्रतिक्रिया करने का पहला तरीका। अब हम देखते हैं कि लोग दूसरी तरह की प्रतिक्रिया कैसी करते हैं। पिछली बार की तरह ही इस बार भी अंदाजा आपको ही लगाना है।''

कर्मांत ने उत्सुकता से कहा, ''ठीक है। मैं बिलकुल तैयार हूँ।'' अगला उदाहरण जानने के लिए उसमें सकारात्मक ऊर्जा उमड़ रही थी। उसे उदाहरण बड़े दिलचस्प लग रहे थे।

ग्यारह

''एक पति ने अपनी पत्नी से कहा, 'तुम यह नहीं जानतीं कि मुझसे बात करते समय तुम्हें किस तरह विनम्र रहना चाहिए। तुम्हें झुकना नहीं आता।' पत्नी ने फौरन जवाब दिया, 'मैं तो हर रोज झाड़ू लगाते समय झुकती हूँ।'''

कर्मांत मुस्कुराकर बोला, ''मुझे पक्का नहीं पता कि इसका सबक क्या है। शायद पत्नी ने यह समझे बिना ही प्रतिक्रिया कर दी कि पति दरअसल क्या कहना चाहता है या शायद उसने जवाब देने में जल्दबाजी कर दी... शायद ... मुझे यकीन नहीं है। मैं इस मामले में हार मानता हूँ।''

जिन्न ने कहा, ''तुम्हारी बात सही जवाब के बहुत करीब है। धैर्य का फल न सिर्फ मीठा होता है, बल्कि स्वास्थ्य के लिए भी फायदेमंद होता है। हमें अपनी हर प्रतिक्रिया सतर्कता से चुननी चाहिए। हमें धैर्य से पूर्णता की कला जल्दी से जल्दी सीख लेनी चाहिए।

"दुःख में हमेशा विनम्र प्रतिक्रिया करो। विनम्र प्रतिक्रिया का मतलब है ऐसी प्रतिक्रिया, जो एक कदम पीछे हटकर की जाती है। दूसरी ओर, त्वरित प्रतिक्रिया का मतलब है आगे कदम बढ़ाकर जवाब देना। कुछ स्थितियों में त्वरित प्रतिक्रिया जरूरी होती है, लेकिन ज्यादातर स्थितियों में विनम्र प्रतिक्रिया ही ज्यादा उचित होती है।

"कभी भी दुःख में तीव्र प्रतिक्रिया न करें। इससे आपका दुःख बढ़ता है। जो लोग अपने दुःख का विज्ञापन करते हैं, उनके पास और ज्यादा दुःख आ जाता है। अपने दर्द और समस्याएँ अपने डॉक्टर को तो बताएँ, लेकिन हर राह चलते को न बताएँ।

"विनम्र प्रतिक्रिया थोड़ा ठहरकर की जाती है। इसमें आप पूरे विनम्र होते हैं और खुद को झुकाते हैं। ध्यान रहे, 'झुकने' का मतलब शरीर को झुकाना नहीं है। इसका मतलब तो मानसिक रूप से झुकना है और सौहार्द्रपूर्ण नीति अपनाना है। कई बार आपको जिंदगी में ऐसे भी निर्णय लेने होते हैं, जहाँ दोनों ही विकल्पों में कष्ट मिलना तय है। ऐसे वक्त आपको विनम्र प्रतिक्रिया करनी चाहिए। थोड़ा ठहरकर विनम्रता से प्रतिक्रिया करनी चाहिए।"

कर्मांत बोला, "हाँ। जब मुझे पीटर ने मेरे डिमोशन के बारे में बताया, तो मैं दुःखी हो गया। मैंने बहुत कटु संवाद से प्रतिशोध लिया, जिससे मुझ पर नैराश्य हावी हो गया। मुझे उस घटना को स्वीकार करके विनम्र प्रतिक्रिया करनी चाहिए थी। अगर मैं ऐसा करता, तो मुझे इतना कष्ट नहीं होता।"

जिन्न बोला, "सही कहा। कष्ट के वक्त धैर्य और साहस के साथ प्रतिक्रिया करो, लेकिन जबरन रोमांचित होने की जरूरत नहीं है। आपकी प्रतिक्रिया ही आपकी सफलता या असफलता का संकेत होती है।"

कर्मांत ने पूछा, "मैं इसका अभ्यास कैसे कर सकता हूँ... मेरा मतलब है कि दुःख या भावनात्मक तनाव में होने पर मैं विनम्रता से कैसे बोलूँ?"

जिन्न ने जवाब दिया, "मान लेते हैं कि आप अपने घर की कॉलबेल दो-तीन बार बजाते हैं, लेकिन कोई दरवाजा नहीं खोलता है। आपका धैर्य जवाब दे जाता है और आप चिल्लाने लगते हैं, 'दरवाजा खोलो। कोई दरवाजा क्यों नहीं खोल रहा है?' आप बार-बार घंटी बजाते हैं। आपको घंटी की आवाज से कोफ्त होने लगती है। आप चाहते हैं कि दरवाजा फौरन खुल जाए। ऐसे वक्त अपने दिमाग को शांत रखने के लिए इस तकनीक का इस्तेमाल करें। इस तकनीक का पहला पहलू है कम

या मौन प्रतिक्रिया करना। दूसरे शब्दों में, देर से दरवाजा खुलने पर अधीरता नहीं दिखाना। इसका मतलब है, जोर से चिल्लाने के बजाय धीमे से दरवाजा खोलने का आग्रह करना। इसी तरह, जब फोन की घंटी बजे, तो रोमांचित होने की जरूरत नहीं है। शांत अंदाज में फोन उठाएँ। इस तरह के व्यवहार का अभ्यास करने से आपका धैर्य बढ़ेगा। तब आपमें इतनी सहनशक्ति आ जाएगी कि आप खामोश या धैर्यवान प्रतिक्रिया कर सकेंगे। इससे लोगों के साथ आपका संवाद बेहतर होगा और आपके संवाद को आदर्श माना जाएगा।

"भाषा पर नियंत्रण की कमी के कारण आप कई बार ऐसे शब्द बोल जाते हैं, जिन पर आप बाद में पछताते हैं। आपको ऐसे शब्द बोलने पर बुरा महसूस होता है। शब्दों पर नियंत्रण की कमी के कारण आप कोई राज दिल में नहीं रख सकते। कोई आपसे कहता है, 'सुनो, मैं तुम्हें एक राज की बात बता रहा हूँ। मेहरबानी करके इसे किसी दूसरे को मत बताना। मैं तुम्हें सिर्फ इसलिए बता रहा हूँ, क्योंकि तुम मेरे काफी करीब हो।' आप वादा करते हैं, 'चिंता मत करो। मैं किसी को भी नहीं बताऊँगा।' फिर आप वह बात अपने सबसे करीबी दोस्त को बता देते हैं। इस तरह हर व्यक्ति अपने सबसे करीबी दोस्त को वह बात बता देता है और वह राज फिर राज नहीं रह जाता। अगर आपके सामने ऐसी स्थिति आए, तो राज को राज रखने के लिए अपने धैर्य और इच्छाशक्ति को बढ़ा दें।"

जिन्न ने आगे कहा, "आपकी जीभ होती तो दो इंच की है, लेकिन इसमें जादू होता है। यह आपको नरक में पहुँचा सकती है या फिर नए दोस्त बनवा सकती है। जीभ पर काबू करने से आपकी कई समस्याएँ हल हो सकती हैं। जीभ लचीली होती है, जबकि दाँत सख्त होते हैं। इसीलिए बुढ़ापे में दाँत टूट जाते हैं, लेकिन जीभ कैंची की तरह बराबर चलती रहती है। जीभ का लचीलापन एक वरदान है। इस वजह से जीभ सख्त दाँतों के बीच सुरक्षित रहती है। आपके गलत संवाद या आदतें जीभ के इस वरदान को अभिशाप में बदल सकते हैं।

"जब कोई आदमी जीभ फिसलने के कारण किसी शब्द का उच्चारण गलत कर देता है, तो उसे शर्म आती है। लेकिन जब वह अपनी जीभ का इस्तेमाल दूसरों का अपमान करने, झूठ बोलने, गालियाँ देने और मजाक उड़ाने के लिए करता है, तो उसे जरा भी शर्म नहीं आती है। जो लोग अपनी जीभ का सावधानी से इस्तेमाल करने का संकल्प करते हैं, वे हमेशा खुश रहते हैं।

"एक पुरानी कहावत है, 'लाठी या पत्थर का घाव भर सकता है, लेकिन

जीभ से हुआ घाव जिंदगीभर नहीं भरता।' इसे ध्यान में रखते हुए हमें अपनी जीभ पर काबू रखना चाहिए और शब्दों के माध्यम से विनम्र व्यवहार करना चाहिए।"

कर्मांत ने कहा, "यह बेहतरीन है, जिन्न! आप जटिल चीजों को कितनी आसानी से समझा देते हैं! मैं इस बात से सचमुच सहमत हूँ। इसका अभ्यास तो हम अपनी रोजमर्रा की जिंदगी में सचमुच कर सकते हैं! इन आसान तकनीकों पर अमल करके हम अपने संवाद को हर दिन सुधार सकते हैं। वाह! आज मैंने सचमुच बहुत कुछ सीख लिया। इन चीजों को अच्छी तरह से जानना-समझना बहुत अच्छा लगता है। ठीक है... अब अगला उदाहरण बताएँ!"

बारह

जिन्न ने कहा, "एक टीचर एक बच्चे की पिटाई कर रहा था। बच्चा हँसने लगा। टीचर ने कहा, 'मूर्ख लड़के। मैं तुम्हें मार रहा हूँ और तुम हो कि हँस रहे हो।' बच्चे ने जवाब दिया, 'आपने ही तो मुझे सिखाया है कि हमें मुश्किलों का सामना हँसते हुए करना चाहिए।'

"अरे वाह! यह तो मजेदार है। ऐसी प्रतिक्रिया की तो कोई उम्मीद ही नहीं कर सकता। मुझे लगता है कि यह अनपेक्षित या अप्रत्याशित प्रतिक्रिया का उदाहरण है। यानी जिस प्रतिक्रिया की आम तौर पर उम्मीद की जाती है, उसकी विपरीत प्रतिक्रिया।"

जिन्न बोला, "आपकी बात सही है। रोमांच और उत्सुकता इंसान की कमजोरियाँ हैं; धैर्य और साहस उसकी शक्तियाँ हैं।

"यह विपरीत प्रतिक्रिया का उदाहरण है। विपरीत का मतलब अनुचित प्रतिक्रिया नहीं है। विपरीत प्रतिक्रिया तो वह होती है, जो निराशा, आलस और क्रोध को दूर भगाती है। विपरीत प्रतिक्रिया वह होती है, जो आशा, रचनात्मकता और खुशी को बढ़ावा देती है।

"संवाद में उत्कृष्टता हासिल करने के सिर्फ दो तरीके ही नहीं होते हैं। इसका तीसरा और दिलचस्प तरीका है विपरीत प्रतिक्रिया। मिसाल के तौर पर, आपके शरीर में दर्द हो रहा है, लेकिन आप हँसते हैं। यह विपरीत व्यवहार है।

"सामनेवाला किसी स्थिति में आपसे जो उम्मीद करता है, जब आप उसका

ठीक उल्टा जवाब देते हैं, तो यह विपरीत प्रतिक्रिया है। अगर सामनेवाला आपके खुश होने की उम्मीद करता है, तो आप खुशी का इजहार नहीं करते हैं। अगर सामनेवाला आपके दुःखी होने की उम्मीद करता है, तो आप उसके सामने खुशी का इजहार करते हैं।

"आप किसी कारण हार गए, लेकिन विपरीत प्रतिक्रिया में आप इसे हार नहीं, बल्कि जीत मानते हैं। अगर आप अपनी हार को जीत मान लेते हैं, तो इसका मतलब है कि आप विपरीत प्रतिक्रिया करने में सफल हो गए। विपरीत प्रतिक्रिया से आपकी जागरूकता बढ़ती है। विपरीत प्रतिक्रिया से आपका संतुलन कायम रहता है। यह आपको अति संवेदनशील बनने से रोकती है और गलत वाक्य बोलने से भी।"

कर्मांत ने कहा, "देखिए, मैंने एक प्रसिद्ध फिल्म देखी थी। उसमें एक डॉक्टर बहुत जल्दी गुस्सा हो जाता था और चिल्लाने लगता था। उसने इसकी एक अनोखी तरकीब खोजी। वह जब भी नाराज होता था, हर बार जोर-जोर से हँसने लगता था और खुद को शांत रहने की याद दिलाता था। फिर वह शांत शब्दों में बातें करता था। इस तरह वह मूर्ख बनने से बच जाता था। इस तरह की विपरीत प्रतिक्रिया बहुत महत्त्वपूर्ण है। लेकिन उस फिल्म से मैं यह सबक नहीं सीख पाया।"

जिन्न बोला, "आपकी मिसाल बड़ी दिलचस्प है। हालाँकि फिल्में मनोरंजन के लिए होती हैं, लेकिन उनसे हम बहुत कुछ सीख सकते हैं।"

कर्मांत ने कहा, "हाँ। आज मुझे अपनी सेक्रेटरी के लिए भी अफसोस होता है। मैं हमेशा उस पर चिल्लाता रहता था, गुस्सा होता रहता था। मैं उसकी हर बात पर गुस्से भरा जवाब देता था। अगर उसे मेरे केबिन में आने में दस सेकंड की भी देर हो जाती थी, तो मैं उसकी खिंचाई कर देता था। जब भी मैं तनाव या दबाव में होता था या मेरी किसी मीटिंग के परिणाम के बारे में डरता था, तो मैं हमेशा त्वरित प्रतिक्रिया करता था और इस बारे में सोचता भी नहीं था कि मैं क्या बोल रहा हूँ।

"इसीलिए आज मैं अपने ऑफिस में बुरे संप्रेषक की मिसाल बन चुका हूँ।" धीरे से और दुःख से यह कहते हुए वह रेत में उभरे एक टीले पर बैठ गया।

जिन्न बोला, "मुझे खुशी है कि आप ये बातें समझ गए। चूँकि अब आप इन चीजों के बारे में जागरूक हो गए हैं, इसलिए जल्दी ही आपका संवाद बेहतर हो जाएगा।"

तेरह

जिन्न की आँखों में सितारे चमकते देखकर कर्मांत प्रेरित हुआ। वह अपने दोस्त जिन्न के उस रात के आखिरी सबक को लेकर बड़ी उत्सुकता महसूस करने लगा।

जिन्न ने गंभीर चेहरे के साथ गंभीर आवाज में कहा, "कर्मांत, मैं हर रात आपको जो सबक सिखाता हूँ, आप उन पर अमल करने के लिए उत्सुक होते हैं। इसी वजह से मैं अब आपको संवाद का सबसे बड़ा और चौथा तरीका बता रहा हूँ। इसे गौर से सुनें।"

जिन्न की आँखों में गंभीरता और स्थिर सितारों को देखकर कर्मांत तनकर बैठ गया।

जिन्न ने बात शुरू की, "दुनिया में संवाद करने का चौथा और पूर्ण तरीका है – सहयोग, प्रेम और खुशी के जरिए। यह अद्वैत का तरीका है।

"जब आप अपनी चारों उँगलियाँ मोड़ लेते हैं, तो आप मुट्ठी बना लेते हैं। यह मुट्ठी चौथे तरीके का प्रतिनिधित्व करती है। इसमें आपको चारों उँगलियों का सामंजस्यपूर्ण इस्तेमाल करने का तरीका मालूम होना चाहिए। जहाँ त्वरित प्रतिक्रिया करने की जरूरत हो, वहाँ त्वरित प्रतिक्रिया करें। जहाँ धैर्य भरी प्रतिक्रिया की जरूरत हो, वहाँ धैर्यवान प्रतिक्रिया करें। जहाँ विपरीत प्रतिक्रिया की जरूरत हो, वहाँ विपरीत प्रतिक्रिया करें। अगर आप ऐसा कर सकते हैं, तो इसका मतलब है कि आप चौथी प्रतिक्रिया को समझ गए हो, दूसरे शब्दों में, आपने आदर्श प्रतिक्रिया करना सीख लिया है।

एक तरह की प्रतिक्रिया ही सभी स्थितियों में कारगर नहीं होती है। आपको घटना और प्रतिक्रिया के बीच के छोटे फासले के बारे में जागरूक रहना होगा। जिस तरह इंसान को प्यास लगने से पहले कुआँ खोदना पड़ता है, उसी तरह उसे इन सभी प्रतिक्रियाओं की भी पहले से तैयारी करने की जरूरत होती है। मैं इस बारे में तुमसे कुछ सवाल पूछता हूँ।

जब कोई आपकी तारीफ करे, तो उस वक्त आपकी प्रतिक्रिया कैसी होनी चाहिए?

कर्मांत (कुछ क्षण सककर) – तब मेरी प्रतिक्रिया खामोश या संयमित होनी

चाहिए।

जब कोई आपका मजाक उड़ाए, तो आपकी प्रतिक्रिया कैसी होनी चाहिए?

कर्मांत – मुझे थोड़ा ठहरकर, धैर्य से प्रतिक्रिया करनी चाहिए।

जब आप कष्ट में हों, तो आपकी प्रतिक्रिया कैसी होनी चाहिए?

कर्मांत – मुझे धैर्यवान या विनम्र प्रतिक्रिया करनी चाहिए।

जब फोन की घंटी बज रही हो, लेकिन कोई उसे उठा न रहा हो, तो ऐसे वक्त आपकी प्रतिक्रिया कैसी होनी चाहिए?

कर्मांत – ऐसे वक्त विलंब से या विनम्र प्रतिक्रिया करनी चाहिए।

जब आपका स्वास्थ्य खराब हो, तो लोगों की बातों पर कैसी प्रतिक्रिया करनी चाहिए?

कर्मांत – या तो विपरीत या फिर विनम्र प्रतिक्रिया।

जब आप थके हों और कोई आपसे पानी माँगे, तो कैसी प्रतिक्रिया करनी चाहिए?

कर्मांत – ऐसे में तेजी से काम करना चाहिए और धैर्य से जवाब देना चाहिए। ऐसा करने से मेरी सारी थकान गायब हो जाएगी।

जब कोई आप पर गुस्सा हो रहा हो, तो आपको कैसी प्रतिक्रिया करनी चाहिए?

कर्मांत – देर से, खामोश या विनम्र प्रतिक्रिया करनी चाहिए।

जब कोई आपका काम वक्त पर न करे, तो ऐसे मौकों पर आपकी प्रतिक्रिया कैसी होनी चाहिए?

कर्मांत – यह विलंबित या विपरीत प्रतिक्रिया होनी चाहिए।

जब कोई अपने वादे से मुकर जाए, तो कैसी प्रतिक्रिया करें?

कर्मांत – धैर्यवान या विपरीत प्रतिक्रिया।

जब सामनेवाला गलत तरीके से प्रतिक्रिया करे, तो आपकी प्रतिक्रिया कैसी होनी चाहिए?

कर्मांत – खामोश या विपरीत प्रतिक्रिया करनी चाहिए।

जब कोई आपके विचार चुरा ले और उन्हें अपना कहे, तो ऐसे मौकों पर आपको कैसी प्रतिक्रिया करनी चाहिए?

कर्मांत (कुछ सोचकर) – देर से और धैर्य से प्रतिक्रिया करनी चाहिए।

जब आपका पड़ोसी आपके घर के सामने कचरा फेंके, तो आपकी प्रतिक्रिया कैसी होनी चाहिए?

कर्मांत – विनम्र और विपरीत प्रतिक्रिया होनी चाहिए।

जब क्रिकेट मैच में आपके देश की टीम हार जाए, तो आपकी प्रतिक्रिया कैसी होनी चाहिए?

कर्मांत – देर से और विपरीत प्रतिक्रिया होनी चाहिए।

किसी रिश्तेदार की मृत्यु पर आपकी प्रतिक्रिया कैसी होनी चाहिए?

कर्मांत – यह खामोश और संयत होनी चाहिए।

जब आपको एक साथ कई काम करने हों, तो आपकी प्रतिक्रिया कैसी होनी चाहिए?

कर्मांत – शब्दों में विनम्र और कार्य में त्वरित प्रतिक्रिया होनी चाहिए।

जब आपकी तुलना किसी दूसरे व्यक्ति से की जाए, तो आपको किस तरह की प्रतिक्रिया करनी चाहिए?

कर्मांत – विपरीत प्रतिक्रिया।

जब आपको किसी चीज से डर लग रहा हो, तब आपकी प्रतिक्रिया कैसी होनी चाहिए?

कर्मांत – यह विपरीत प्रतिक्रिया होनी चाहिए।

जब आपका किसी की तारीफ करने का मन हो, तो आपकी प्रतिक्रिया कैसी होनी चाहिए?

कर्मांत – यह त्वरित प्रतिक्रिया होनी चाहिए।

जब कोई आपको रिश्वत देने की कोशिश करे, तो आपकी प्रतिक्रिया कैसी

होनी चाहिए?

कर्मांत – धैर्य से दृढ़ प्रतिक्रिया करनी चाहिए।

जब आपके मन में नफरत और प्रतिशोध की भावनाएँ जागें, तब आपकी प्रतिक्रिया कैसी होनी चाहिए?

कर्मांत – यह विनम्र और विपरीत प्रतिक्रिया होनी चाहिए।

जब आप दान देने के बारे में सोचें, तो आपकी प्रतिक्रिया कैसी होनी चाहिए?

कर्मांत – त्वरित प्रतिक्रिया।

जब आपको एक साथ कई चीजें खाने को मिलें, तो आपकी प्रतिक्रिया कैसी होनी चाहिए?

कर्मांत – विपरीत और संयत प्रतिक्रिया।

जब अप्रत्याशित मेहमान आ जाएँ, तो आपकी प्रतिक्रिया कैसी होनी चाहिए?

कर्मांत – यह हमेशा धैर्यवान प्रतिक्रिया होनी चाहिए।

जब बिजली गुल हो जाए, तो आपकी प्रतिक्रिया कैसी होनी चाहिए?

कर्मांत – ऐसे वक्त प्रतिक्रिया विपरीत और धैर्यवान होनी चाहिए।

इसके बाद जिन्न ने कहा, "अगर आप छोटी-बड़ी सभी स्थितियों में उचित प्रतिक्रिया करना चाहते हैं, तो आपको चौथे तरीके से प्रतिक्रिया करना सीखना होगा। जब आप सही प्रतिक्रिया करने का तरीका और समय जान लेते हैं, तो इसका मतलब है कि आपने प्रतिक्रिया करने का चौथा तरीका समझ लिया है। यह चौथे तरीके की प्रतिक्रिया ही सर्वोच्च प्रतिक्रिया है। यह जिंदगी जीने का सर्वोच्च तरीका है। जागरूकता के साथ काम और संवाद करना ही जिंदगी जीने का सबसे अच्छा तरीका है। तब आप संवाद के जिन्न बन जाते हैं!"

कर्मांत जिन्न की तरफ देखकर मुस्कुराया। उसकी आँखों से वह सब जाहिर हो गया था, जो वह कर्मांत को सिखाना चाहता था। सितारों और जिन्न से विदा लेकर कर्मांत अपने गर्म बिस्तर में घुस गया। उसने अपनी खिड़की से सितारों को देखा। उसने सोचा... क्या उसका इन सितारों से कोई खास संबंध है। क्या बिस्तर उसे गर्म एहसास दे रहा था या बहुत दूर चमकते सितारे आज ज्यादा गर्म थे... शुभ रात्रि, सितारों।

चौदह

पिछली रात को सितारों ने उसे जो गर्मी दी थी, वह कर्मांत को सुबह भी महसूस हो रही थी। वह गर्मी उसके शरीर, दिमाग, विचारों और उसके खुद के दो सितारों... यानी उसकी आँखों में भरी थी। उन सभी से आज बहुत कुछ जाहिर हो रहा था।

कर्मांत ने प्रेम से पूछा, "गुड मॉर्निंग, नयन। आज नाश्ते में क्या है?"

"मुझे अफसोस है, लेकिन मैंने आज वही पुरानी चीज बनाई है.. ऑरेंज जूस और ऑमलेट।"

"बेहतरीन। सुबह-सुबह गर्म नाश्ता! चलो, आज हम दोनों इकट्ठे नाश्ता करते हैं।"

"अच्छा? ओह हाँ! दरअसल मैं अभी राजू को बाथरूम में ले जा रही थी। उसे प्लेस्कूल भेजने के लिए तैयार करना था। लेकिन अगर तुम चाहते हो, तो मैं तुम्हारे साथ नाश्ता करने आ जाती हूँ। मैं अभी... अभी आती हूँ..."

"ओह नहीं, कोई बात नहीं। अपनी दिनचर्या मत तोड़ो, वरना तुम्हें देर हो जाएगी। चिंता मत करो, मैं जल्दी नाश्ता खत्म करके ऑफिस चला जाऊँगा। कल सुबह मैं थोड़ी जल्दी नाश्ते की टेबल पर आ जाऊँगा, ताकि हम एक साथ नाश्ता कर सकें। ठीक है?"

"ओह हाँ... ओह नहीं... मेरा मतलब है, नहीं। कल से मैं अपने कामों का समय बदल लूँगी।"

"छोड़ो, कोई दिक्कत नहीं है। तुम अपना काम करो। मैं शाम को जल्दी ही मिलता हूँ।"

कर्मांत के व्यवहार से नयन न सिर्फ चौंक गई थी, बल्कि अवाक् रह गई थी। उसे इस बदलाव पर यकीन नहीं हो रहा था। आखिर हुआ क्या था? वह तो दिन पर दिन बेहतर होता जा रहा है। कोई चीज यकीनन हुई थी... कोई चमत्कार... कोई वरदान... वह आँखें बंद करके बोली, "भगवान, तेरा लाख-लाख शुक्र है।"

पंद्रह

ऑफिस में दिन टीम मीटिंग के साथ शुरू हुआ। टीम लीडर सचमुच तनाव में नजर आ रहा था। सूजी आँखों और दुःखी चेहरे के साथ वह कमरे में दाखिल हुआ। उसके पास से सिगरेट की बू आ रही थी और वह चिंतित था कि मीटिंग कैसे शुरू करे।

थोड़ा हिचकते हुए वह बोला, ''हाय टीम। मैं नहीं जानता कि इस तिमाही में टीम का प्रदर्शन कमजोर क्यों रहा। टेस्टिंग के लिए जो मॉड्यूल्स दिए गए थे, उनका निर्धारित समय खत्म होता जा रहा है। हम अच्छे परिणाम नहीं दे पाए। आखिर समस्या क्या है?''

''हम अपना सर्वश्रेष्ठ प्रदर्शन कर रहे हैं। आप हमसे और क्या चाहते हैं?''

कर्मांत को एहसास हो गया कि इन शब्दों का क्या मतलब था। वह जानता था कि यह सुनकर टीम लीडर को ठेस लगेगी। यह आवेश में दिया गया आक्रामक जवाब था। इस जवाब से उसे एहसास हुआ कि प्रतिक्रिया सही न होने पर शब्द कितने खराब हो सकते हैं। कुछ भी कहने से पहले यह सोचें कि आप कैसी प्रतिक्रिया कर रहे हैं। इस बारे में जागरूक रहें कि आप संवाद में क्या कहने जा रहे हैं। बोलने से पहले सोचें।

टीम लीडर बोला, ''सुनील, यह सही जवाब नहीं है! क्या तुम्हें एहसास है कि प्रोजेक्ट की डेडलाइन खत्म हो रही है, जिसका हमने ग्राहक से वादा किया था?''

''ओह, छोड़ो भी! आप टीम लीडर हैं, इसका यह मतलब नहीं है कि आप हमेशा सही हैं! और …''

''कृपया रुकें सुनील,'' कर्मांत ने विनम्र अंदाज में कहा। ''आपने ध्यान नहीं दिया कि वे दरअसल क्या कहने की कोशिश कर रहे हैं। वे आपको दोष नहीं दे रहे हैं, बल्कि देर का कारण पता लगाने की कोशिश कर रहे हैं। उन्हें उच्चाधिकारियों और ग्राहक को इसका कारण बताना होगा। कृपया थोड़े धैर्य से काम लें। हम सबको टीम के रूप में कोई तर्कपूर्ण समाधान खोजना चाहिए।''

''अच्छा! तुम कब से मि. धैर्यवान बन गए? धैर्य और टीम के बारे में तुम क्या जानो? ये शब्द तो तुम्हारी डिक्शनरी में हैं ही नहीं। वैसे भी, तुम मुझे कोई चीज सिखानेवाले होते कौन हो?''

कर्मांत ने शांति से कहा, "ठीक है। हम यह बहस यहीं बंद करते हैं। इससे हमारा कोई भला नहीं हो रहा है। मैंने अतीत में हर एक के साथ जैसा व्यवहार किया, उसके लिए मुझे अफसोस है। लेकिन कम से कम अब मैं बेहतर संवाद करने की कोशिश कर रहा हूँ।"

"तो ठीक है, हम यह मीटिंग यहीं खत्म करते हैं। कृपया अपने-अपने काम पर लौट जाएँ और अपने लक्ष्यों को वक्त पर पूरा करने के लिए अतिरिक्त समय दें। मैं चाहता हूँ कि हर हाल में डेडलाइन तक काम पूरा हो जाए।"

सभी कर्मचारी आपस में बुराई-भलाई करते हुए कमरे से बाहर चले गए। कर्मांत सबसे आखिर में निकलने लगा। पीछे पलटने पर उसने देखा कि टीम लीडर अपनी कुर्सी पर लुढ़क गया था और अपने विचारों में खोया हुआ था। कर्मांत उसके पास जाकर बोला, "सब ठीक हो जाएगा। हम लोग यह काम कर लेंगे। चिंता न करें। चीजें सही हो जाएँगी।"

टीम लीडर उसके सकारात्मक नज़रिए को देखकर बहुत हैरान हुआ। "कर्मांत, तुम काफी बदल गए हो। मेरी स्थिति समझने के लिए धन्यवाद। मीटिंग में मेरा पक्ष लेने के लिए भी धन्यवाद। लेकिन मुझे तो ग्राहक की चिंता हो रही है। वह नया ग्राहक है और परसों उसके साथ मीटिंग होनेवाली है। कल प्रगति की समीक्षा करने के लिए हमारी मीटिंग है। तुम जानते ही हो, ग्राहक के साथ मीटिंग्स कैसी होती हैं। इस मंदी के दौर में जितने भी ग्राहक हमारे पास हैं, उन सभी को खुश रखना जरूरी है।"

"चिंता न करें। बस सकारात्मक तरीके से सोचें। मैं थोड़ा ओवरटाइम करके काम को सही समय पर पूरा करने की कोशिश करूँगा। देखते हैं कि क्या हम सब इस प्रोजेक्ट को समय पर पूरा कर सकते हैं।"

"बहुत-बहुत धन्यवाद, कर्मांत। देखते हैं कि क्या होता है, लेकिन तुम्हारे इन शब्दों से दरअसल मैं भी प्रेरित हो गया हूँ।"

कर्मांत के भीतर खुशी का सैलाब उमड़ आया। पहली बार उसने बेहतर बनने में किसी की मदद की थी और अच्छी तरह संवाद किया था। उसे एहसास हुआ कि सही तरह से बोले गए शब्द दवा जैसा असर कर सकते हैं। वह सचमुच खुश था। वह दरवाजे की तरफ बढ़ने लगा, तभी टीम लीडर ने पीछे से कहा, "सुनो कर्मांत। क्या तुम परसों ग्राहक के साथ होनेवाली मीटिंग में रहना चाहोगे? दरअसल

तुमने कई बार ऐसी मीटिंग्स की हैं। शायद इससे हमें मदद मिले और नतीजा अच्छा मिले।''

कर्मांत बोला, ''जाहिर है। मैं मीटिंग में रहना चाहूँगा।'' वह मुस्कुराया और उसे इतनी जबर्दस्त खुशी मिली, जितनी पहले कभी नहीं मिली थी। यह प्रोजेक्ट या ग्राहक जीतने या टारगेट हासिल करने या प्रमोशन के बारे में डींग हाँकनेवाली खुशी नहीं थी। यह तो सिर्फ सही संवाद के चमत्कार देखने और उससे आत्मविश्वास हासिल करने की खुशी थी। उसमें धीरे-धीरे यह आत्मविश्वास आने लगा कि हर तरह की नौकरी में वह खुश रहा सकता है। शब्द भी कितने चमत्कारी हो सकते हैं…?

उस दिन उसने बाकी दिनों के मुकाबले बेहतर और फटाफट काम किया। वह खुश और प्रेरित था और परसों ग्राहक के साथ होनेवाली मीटिंग का उत्सुकता से इंतजार कर रहा था।

सोलह

काम खत्म करके उसने अँगड़ाई ली और घर की तरफ चल दिया। उसने दिनभर काफी मेहनत की थी, जिससे वह काफी संतुष्ट महसूस कर रहा था। घर पहुँचकर उसने नयन और छोटे राजू के साथ थोड़ा वक्त गुजारा। उसने देखा कि राजू एक इंद्रधनुष बनाकर उसमें रंग भर रहा था। जिंदगी वाकई इंद्रधनुष जैसी होती है… रंगीन… हर घटना अपने साथ एक नया रंग लाती है… एक नया सबक… तभी उसे याद आया कि उसे अपने टारगेट को पूरा करने के लिए घर पर थोड़ा काम करना है। नयन और राजू से गुड नाइट करके वह अपनी स्टडी में चल दिया। उसने जल्दी से राजू के नर्म गालों को चूमा और नयन को आँख मारकर गुड नाइट की। उन्हें मुस्कुराते देख उसे बहुत अच्छा महसूस हुआ। मुस्कानें… इंद्रधनुष… जिंदगी वास्तव में सुंदर थी। नयन अब कर्मांत के नए स्वरूप को स्वीकार करने लगी थी। उसकी खुशी की कोई सीमा नहीं थी। काश वह ज्यादा वक्त साथ रहे… लेकिन नहीं… मैं खुश हूँ, ईश्वर। उसने राजू को बिस्तर पर अपने पास सुलाया और खिड़की से बाहर झाँकने लगी। उसने हमेशा चमकते सितारों को देखा और उन्हें धन्यवाद दिया। काश यह चमक मेरी जिंदगी में हमेशा कायम रहे… सितारों ने भी पलटकर अपनी चमक दिखाई और मुस्कुराए…

कंप्यूटर प्रोग्राम्स पर काम करते हुए कर्मांत सुध-बुध ही भूल गया। एक-एक करके वह फाइलें निबटाने लगा, जितनी वह निबटा सकता था। वह चाहता था कि टीम जीत जाए। वह सबको दिखाना चाहता था कि वह मेहनत कर सकता है और अपने काम से प्रेम करता है। वह सबको दिखाना चाहता था कि वह टीम के प्रदर्शन का महत्व समझता है।

समय गुजरता गया। रात का अँधेरा गहरा होता गया। कर्मांत अपने काम में इतना खो गया था कि उसे जिन्न की याद ही नहीं रही।

जिन्न मन ही मन चिंता करने लगा। क्या हुआ... कर्मांत ठीक तो है... लगता है, वह आज मुझे भूल गया है... उसने भीतर से चिराग की दीवारें हिलाईं। धम्म! चिराग कोनेवाली छोटी टेबल में छिपाकर रखा हुआ था, जहाँ उसे कोई देख न सके।

चिराग वहाँ से दूर हट गया। अचानक हुई आवाज से कर्मांत चौंक गया। ओहह... मैं तो भूल ही गया था... मुझे अफसोस है जिन्न... उसने चिराग अपने हाथ में लिया और खुली छत से होता हुआ समुद्र तट की ओर भागा।

"कर्मांत! क्या हुआ? आप कहाँ थे? हमारे सबक अभी पूरे नहीं हुए हैं!"

"जिन्न। मुझे बहुत अफसोस है। मैं तो ऑफिस के काम में उलझ गया था। मुझे घर पर थोड़ा काम निबटाना था।"

"ओहो! ऑफिस का काम घर ले आए। लगता है, आप टीम के साथ जुड़ने लगे हैं और अपने काम को पसंद भी करने लगे हैं। अपनी नौकरी में खुश रहने लगते हैं।"

"हाँ, जिन्न। मैं अब अपने काम से प्रेम करता हूँ। ऐसा इसलिए है, क्योंकि मैं समझ गया हूँ कि मैनेजर की डेडलाइन पूरी करने में टीम की मदद कितनी महत्त्वपूर्ण होती है। टीम की वजह से ही मैनेजर अपने पद पर बना रहता है। और यह सचमुच अफसोस की बात है कि आप अपनी टीम के साथ सही तरह से संवाद न कर पाएँ, जो आपके लिए दिन-रात इतनी मेहनत से काम करती है।"

"हाँ, लेकिन हर कोई पैसा कमाने के लिए काम करता है।"

"बात तो सही है, जिन्न। लेकिन टीम में दोस्ताना और प्रेरक संवाद होने पर हर कोई खुशी-खुशी काम करता है, जिससे सामान्य से ज्यादा काम होता है। वजह

साफ है। टीम के सदस्य मैनेजर को चाहते हैं और हर कर्मचारी उसके लिए अपना सर्वश्रेष्ठ प्रदर्शन करना चाहता है।''

''अच्छा, अच्छा... यह तो आपने दार्शनिकों जैसी बात कह दी। सुनकर वाकई अच्छा लगा। अब आप सफल संवाद का महत्व पूरी तरह समझ गए हैं। मुझे खुशी है कि आपने इसका अभ्यास किया।''

''हाँ जिन्न, लेकिन आज ऑफिस में एक घटना हुई, जिससे मैं थोड़ा परेशान हो गया। मीटिंग में मैनेजर और मेरे एक सहकर्मी सुनील के बीच बहस हो गई। यह सरासर गलतफहमी थी। इस तरह की गलतफहमियों को कैसे दूर किया जाए? समस्या सुलझाने के लिए क्या महत्त्वपूर्ण है?''

जिन्न ने कहा, ''ठीक है। तो हमारा आज का विषय यही रहेगा। गलतफहमियाँ। हूँ...

''लोगों के बीच संघर्ष होता है। यह जिंदगी की हकीकत है – और जरूरी नहीं है कि यह हमेशा बुरा ही हो। दरअसल, कई मर्तबा संघर्षवाला संबंध संघर्षहीन से ज्यादा स्वस्थ हो सकता है। संघर्ष किसी भी जगह हो सकता है – ऑफिस में, दोस्तों के बीच, परिवारवालों में और साझेदारों में। संघर्ष होने पर संबंध कमजोर भी बन सकता है और मजबूत भी। अगर इसका प्रबंधन अच्छी तरह किया जाए, तो संघर्ष फायदेमंद साबित हो सकता है – इससे आपसी समझ, पारस्परिक सम्मान और निकटता बढ़ सकती है।''

सत्रह

''जिन्न, कई बार लोग गलतफहमी के कारण एक दूसरे को दोष देने लग जाते हैं। यह संवाद करने का बहुत बुरा तरीका है।''

जिन्न ने कहा, ''लोग संघर्ष से निबटने के लिए कई शैलियाँ अपनाते हैं। सबसे पहली और सबसे आम शैली यह है कि व्यक्ति संघर्ष के अस्तित्व से कतराता है या इंकार करता है। दुर्भाग्य से, ऐसी स्थिति में दोनों पक्षों के आपसी व्यवहार में तनाव रहता है। संघर्ष हमेशा पृष्ठभूमि में मौजूद रहता है, जिससे ज्यादा तनाव तथा संघर्ष की आशंका रहती है।

''प्रतिक्रिया की दूसरी शैली यह होती है कि कोई व्यक्ति गुस्से से पगला

जाता है और सामनेवाले को दोष देने लगता है। यह तब होता है, जब कोई व्यक्ति गलती से संघर्ष को गुस्से से जोड़ देता है। इस तरकीब से संघर्ष तो सुलझता नहीं है, अलबत्ता सामनेवाला रक्षात्मक मुद्रा में आ जाता है और दोनों पक्षों के बीच तनाव बढ़ता है।

"संघर्ष का समाधान करने की तीसरी शैली है शक्ति और प्रभाव का इस्तेमाल करके सामनेवाले को हराना। वे संघर्ष का स्वागत करते हैं, क्योंकि इससे उनके मन में प्रतिस्पर्धा की प्रबल भावना जाग्रत होती है। बहरहाल, वे यह नहीं समझ पाते हैं कि संघर्ष दरअसल पूरी तरह सुलझा नहीं है, क्योंकि 'पराजित' व्यक्ति मन में द्वेष पाले रहेगा। इसी तरह, कुछ लोग संघर्ष सुलझाने के लिए समझौता करते नजर आते हैं, लेकिन वे इस प्रक्रिया में सूक्ष्म तरीके से सामनेवाले का शोषण करते हैं। इससे भी दोनों पक्षों के बीच संघर्ष कायम रहता है और आपसी विश्वास खत्म होता है। आपसी संघर्ष से निबटने के बेहतर तरीके हैं।"

कर्मांत ने पूछा, "संघर्ष से निबटने के अच्छे तरीके कौन से हैं? संवाद कैसा होना चाहिए?"

जिन्न ने स्पष्ट करते हुए कहा, "संघर्ष कई तरह का हो सकता है। इसमें छुटपुट, महत्वहीन मतभेद से लेकर विवाद तक हर वह चीज आती है, जिससे किसी संबंध के अस्तित्व को खतरा पहुँचता है। जाहिर है, किसी प्रियजन या दीर्घकालीन मित्र के साथ संघर्ष किसी अजनबी या सेल्सपर्सन के साथ होनेवाले संघर्ष से अलग होता है, जिसे आपकी जरूरतों की कोई परवाह नहीं है। बहरहाल, संघर्ष के सफल समाधान के लिए एक निहित सिद्धांत जरूरी है। दोनों पक्षों को यह मान लेना चाहिए कि उनका आपसी संघर्ष एक समस्या है, जिसे उन्हें मिलकर इस तरह सुलझाना है, ताकि दोनों पक्षों को ही जीत का एहसास हो – या कम से कम ऐसा समाधान खोजना है, जो दोनों को स्वीकार्य हो। दोनों को ही समाधान में सक्रियता से शामिल होना होगा। दोनों को ही न्यायोचित जवाब खोजने की कोशिश और समर्पण दिखाना होगा। इस सिद्धांत को समझना आसान है, लेकिन इस पर अमल करना अक्सर मुश्किल होता है।

"हम अपने तात्कालिक हितों में इतने उलझ जाते हैं कि अपने संबंधों को नुकसान पहुँचाते हैं। अगर हम सामनेवाले की स्थिति को नजरअंदाज कर दें या उसे घटिया समझें, अगर हम जीतने के लिए डराएँ-धमकाएँ और शक्ति का इस्तेमाल करें, या अगर हम हमेशा अपनी ही अपनी चलाना चाहें, तो सामनेवाला आहत

महसूस करेगा और संबंध को चोट पहुँचेगी। इसी तरह, अगर हम संघर्ष से बचने के लिए हमेशा झुक जाएँ और समर्पण कर दें, तो हम सामनेवाले को यह संदेश दे रहे हैं कि हमें यह स्वीकार है कि वह हमें नजरअंदाज करके अपनी इच्छा पूरी करे और हमारी जरूरतों के प्रति संवेदनहीन हो जाए। इससे हमारी आत्म-महत्ता का एहसास कमजोर होता है, द्वेष बढ़ता है और संबंध में जहर घुल जाता है। इसके बजाय ज्यादा स्वस्थ तरीका यह है कि दोनों ही पक्ष खुले, ईमानदार, सकारात्मक और सम्मानजनक ढंग से बातचीत करें। आपसी विश्वास और सम्मान तथा सकारात्मक और सृजनात्मक नज़रिया महत्त्वपूर्ण संबंधों की बुनियादी जरूरतें हैं।''

जिन्न के शब्दों पर गहराई से विचार करते हुए कर्मांत ने पूछा, ''हम संघर्षों और गलतफहमियों को कैसे रोक सकते हैं? क्या हम उनसे पूरी तरह छुटकारा नहीं पा सकते?''

जिन्न ने जवाब दिया, ''ज्यादातर लोग दूसरों के साथ संघर्ष उत्पन्न नहीं करना चाहते हैं। हममें से ज्यादातर लोगों को मानवीय व्यवहार की इतनी समझ होती है कि हमें अच्छे और बुरे शब्दों या कार्यों के बीच फर्क मालूम होता है, जिनसे संबंधों को नुकसान होता है। दूसरों के साथ अच्छे, लचीले और प्रगतिशील संबंध बनाना हमारे अपने हित में है। समस्या तब होती है, जब हम दूसरों के साथ अपने व्यवहार में सहयोगपूर्ण नीतियों का इस्तेमाल नहीं करते। हम जानते-बूझते हुए संघर्ष उत्पन्न नहीं करते हैं। हम ऐसा इसलिए करते हैं, क्योंकि संभवत: हममें इस बात की जागरूकता ही नहीं होती कि संबंधों की समस्याओं में हमारे व्यवहार का योगदान क्या है। कई बार हम भूल जाते हैं या हम कुंठित और चिड़चिड़े होते हैं और कई बार बस हमारा दिन बुरा गुजरता है। कई बार हम इतने उत्तेजित हो जाते हैं कि दूसरों के बजाय अपनी खुद की जरूरतों पर ध्यान केंद्रित कर लेते हैं। और फिर हम खुद को संघर्ष की स्थिति में पाते हैं।

''संघर्ष रोकने के लिए मतभेद बढ़ानेवाले तरीकों को पहचानना महत्त्वपूर्ण है। इसकी एक आसान सी तरकीब है। हाल में हुई किसी संघर्षपूर्ण स्थिति को याद करें। याद करें कि आपने क्या कहा था। इसके बाद यह सोचें कि आप ज्यादा सफल भाषा का इस्तेमाल कैसे कर सकते थे। सोचें कि आपका संवाद किस तरह ज्यादा विश्वसनीय बन सकता था या सामनेवाले की रक्षात्मकता को कम कर सकता था। जब आप संघर्ष में अपनी भूमिका को पहचान लें, जैसे दूसरों को दोष देना, तो उस खास व्यवहार पर एक दिन या एक हफ्ते तक मेहनत करें। इसके बाद अपनी प्रगति

की समीक्षा करें। क्या आप सफल हुए? किन स्थितियों में आप सफल नहीं हुए? हालाँकि हो सकता है कि संघर्ष सामनेवाले ने उत्पन्न किया हो, लेकिन आप भी तो उसके आधे हिस्से हैं। आपका अपनी प्रतिक्रिया पर पूरा नियंत्रण होता है और आप इसे बदल सकते हैं।''

कर्मांत ने कहा, ''हाँ। सही कहा। जब बचपन में मैं और मेरा भाई लड़ते थे, तो हमारी दादी हिंदी की एक कहावत कहती थीं, 'ताली दोनों हाथों से बजती है।'''

जिन्न बोला, ''बिलकुल ठीक! तो संघर्ष कम करने के लिए असरदार संवाद तकनीकें सीखना महत्त्वपूर्ण है। जब आप खुद को किसी के साथ संघर्ष की स्थिति में पाएँ, तो भावनात्मक आवेश को कम कर लें, ताकि आप और सामनेवाला अपने मतभेद तार्किक स्तर पर सुलझा सकें।''

बम को डिफ्यूज कर दें : हो सकता है कि सामनेवाला गुस्सा हो और कई सारे तर्क देकर यह साबित करने की कोशिश करे कि आप उसके दुःख के लिए दोषी हैं। आपका लक्ष्य सामनेवाले के गुस्से को खत्म करना है - और आप उसकी बात से सहमत होकर आसानी से ऐसा कर सकते हैं। जब आप सामनेवाले के दृष्टिकोण से सहमत हो जाते हैं, तो उसके लिए अपने गुस्से को बरकरार रखना मुश्किल हो जाता है। मिसाल के तौर पर, ''मैं जानता हूँ, मैंने कहा था कि मैं कल रात आपको फोन करूँगा। आपकी बात बिलकुल सही है, मुझे फोन करना चाहिए था। काश मैं ज्यादा जिम्मेदार होता!'' हो सकता है कि सामनेवाले का आरोप आपके हिसाब से पूरी तरह अतार्किक हो, लेकिन सामनेवाले की बात में हमेशा थोड़ी-बहुत सच्चाई होती है। कम से कम, हमें यह स्वीकार करने की जरूरत है कि लोग चीजों को अलग-अलग तरीके से देखते हैं। इसका मतलब यह नहीं है कि हमें अपने बुनियादी सिद्धांतों से समझौता करना होगा। हम तो बस सामनेवाले की स्थिति को तर्कपूर्ण मानते हैं, ताकि हम संघर्ष के ज्यादा स्वस्थ समाधान की ओर बढ़ सकें। उतार-चढ़ाव की स्थिति में ऐसा करना मुश्किल हो सकता है, लेकिन सकारात्मक लक्ष्य पाने के लिए अपनी तात्कालिक प्रतिक्रियाओं को स्थगित करने की योग्यता ही व्यक्तिगत शक्ति और अखंडता की निशानी है। कई बार हम दीर्घकालीन दृष्टि से ''जीतने'' के लिए तात्कालिक तौर पर ''हार'' जाते हैं।

सामनेवाले के नज़रिए को पहचानें। सामनेवाले के दृष्टिकोण को समझने की कोशिश करें। इसका मतलब है, उनकी नजरों से दुनिया को देखकर देखें। परानुभूति सुनने की योग्यता बड़ी महत्त्वपूर्ण है। यह सामनेवाले को बता देती है कि उसकी बात

सुन ली गई है। परानुभूति दो प्रकार की होती है।

वैचारिक परानुभूति से यह संदेश मिलता है कि सामनेवाला जो बात कहने की कोशिश कर रहा है, आप उसे समझ गए हैं। आप सामनेवाले के शब्दों को अपने शब्दों में दोहराकर ऐसा कर सकते हैं। मिसाल के तौर पर, ''मेरे हिसाब से आप यह कह रहे हैं कि आपका मुझ पर भरोसा कम हो गया है।''

भावनात्मक परानुभूति सामनेवाले के दिल में मौजूद भावनाओं को स्वीकार करना है। ध्यान रखें, भावनाओं को समझने में गलती न करें। ऐसी भावनाएँ न बताएँ, जो सामनेवाले में मौजूद ही न हों... जैसे, ''आप इस वक्त भावनात्मक उथलपुथल के कारण दुविधा में हैं।'' इसके बजाय अपनी अनुभूति बताएँ कि उसे कैसा एहसास हो रहा होगा। मिसाल के तौर पर, ''मुझे लगता है कि शायद आप इस वक्त मुझसे बुरी तरह नाराज महसूस कर रहे होंगे।''

सवालों के उस्ताद बनें : सामनेवाला क्या सोच रहा है, क्या महसूस कर रहा है, इसकी जानकारी लेने के लिए विनम्र सवाल पूछें। सामनेवाले को प्रोत्साहित करें कि वह खुलकर और पूरी तरह बताए कि उसके दिमाग में क्या चल रहा है। मिसाल के तौर पर, ''क्या आप मुझे कुछ और बताना चाहेंगे?''

मैं की तकनीक आजमाएँ : सामनेवाले को गलत इरादे से काम करने का दोष न दें। इसके बजाय अपने विचारों की जिम्मेदारी स्वीकार करें। इससे उसके रक्षात्मक होने की आशंका कम हो जाती है। मिसाल के तौर पर, दो वाक्य देखें- ''मैं काफी विचलित हूँ कि हमारे बीच यह चीज आ गई।'' ''आपने मुझे बहुत विचलित कर दिया।'' पहला वाक्य दूसरे वाक्य से ज्यादा असरदार और सफल है।

प्रशंसा को आइसक्रीम जैसा बनाएँ : सामनेवाले के बारे में कहने के लिए सकारात्मक बात खोजें, भले ही वह आपसे नाराज हो। सम्मानजनक नजरिया दिखाएँ। मिसाल के तौर पर, ''मैं सचमुच आपका सम्मान करता हूँ, जो आपने यह समस्या मेरे सामने लाने का साहस किया। मैं आपके उत्साह और परवाह भरे नजरिए की प्रशंसा करता हूँ।''

''जिन्न, संवाद की ये तकनीकें संघर्ष को सुलझाने के लिए काफी कारगर लगती हैं। इनका इस्तेमाल करने से गलतफहमियाँ काफी कम हो सकती हैं। मुझे वाकई लगता है कि अगर आज हमारी मीटिंग में इनमें से किसी भी तकनीक का इस्तेमाल होता, तो कोई बहस नहीं होती! काश मैंने अपने डिमोशन से पहले सीख

लिया होता!'' कर्मांत ने दुःख भरे स्वर में कहा।

जिन्न बोला, ''लेकिन आपको यह इसी तरह सीखना था, कर्मांत। चूँकि आपने डिमोशन के बाद ये सबक सीखे हैं, इसलिए इनकी गंभीरता कई गुना बढ़ गई है।''

कर्मांत ने कहा, ''हाँ। तुम्हारी बात सही है। पहले मैं हर चीज को हल्के में लेता था। मैंने इस तरफ ध्यान ही नहीं दिया कि मेरे संवाद के क्या परिणाम होते हैं। मैंने यह सोचा ही नहीं कि मेरी टीम के लोग मेरी बातें सुनने के बाद दरअसल कैसा महसूस करते हैं। अँग्रेजी की एक पुरानी कहावत है, 'The problem with communication is the illusion that it has occured' अर्थात 'संवाद के साथ समस्या यह भ्रम होना है कि संवाद पूरा हो गया है।'''

जिन्न बोला, ''चिंता न करें। अब आप इतने बेहतर बन चुके हैं कि अपने पुराने पद पर अच्छी तरह काम कर सकते हैं। आप यकीनन दोबारा तरक्की करेंगे।''

''मुझे भी यही उम्मीद है, जिन्न। परसों हमारी कंपनी में ग्राहक के साथ एक मीटिंग होनेवाली है। मुझे भी उसमें हिस्सा लेना है। मुझे वाकई उम्मीद है कि मैं अच्छा प्रदर्शन करूँगा।'' जिन्न ने कहा, ''चिंता की कोई बात नहीं है। ठीक है, आज रात का सबक जरा लंबा हो गया। कल दोबारा मिलते हैं। गुड नाइट।'' यह कहते हुए जिन्न दोबारा अपने चिराग में चला गया।

आह जिन्न... काश मेरी जिंदगी भी तुम्हारी तरह चिंतारहित होती...

''सकारात्मक संवाद बोलो, मेरे दोस्त,'' जिन्न ने चिराग के भीतर से कहते हुए कर्मांत को याद दिलाया कि उसे अपनी प्रेरणा और सकारात्मकता को हमेशा बरकरार रखना चाहिए।

उसने अपनी आँखें बंद करने से पहले अपने नए दोस्तों यानी सितारों को देखा। वे हमेशा कितने खुश नजर आते हैं और सकारात्मक अंदाज में चमकते हैं...!

अठारह

अगला दिन भी व्यस्त दिख रहा था। नया मैनेजर कर्मांत की डेस्क पर आकर बोला, ''हाय! कैसा चल रहा है?''

"ओह! आपने तो मुझे डरा ही दिया। काम अच्छा चल रहा है। कल रात मैंने घर पर काम किया था और उसकी एक प्रति आपकी डेस्क पर रख दी थी।"

"हाँ, कर्मांत। मैंने सुबह-सुबह ही उसे देख लिया था। तुमने बेहतरीन काम किया है। एक बहुत बड़ा काम पूरा हो गया। लेकिन हम अब भी डेडलाइन से पीछे चल रहे हैं। क्या तुम जल्दी से मीटिंग रूम में आ सकते हो? पीटर तुम्हारा इंतजार कर रहे हैं।"

"क्या? पीटर ... आपका मतलब है मि. पीटर? क्या आपको यकीन है..."

"ओह जल्दी आओ। हैरान बाद में हो लेना।"

कर्मांत फौरन कुर्सी से उठा और मैनेजर के साथ तेजी से मीटिंग रूम की ओर बढ़ने लगा।

"देखो, यह ग्राहक के साथ कल होनेवाली मीटिंग के बारे में है, जिसमें मैं तुम्हें साथ रखना चाहता हूँ। मैंने एम.डी. को इस बारे में बताया था। वे तुम्हारे साथ एक संक्षिप्त मीटिंग करके यह देखना चाहते हैं कि मेरा निर्णय सही है या नहीं।"

"क्या आप गंभीर हैं? मेरा मतलब है... ठीक है... मुझे नहीं लगता कि वे कभी आपके निर्णय को सही मानेंगे..." यह कहते हुए उन्होंने दरवाजा खोला और एम.डी. ने उन्हें बैठने का संकेत किया। खामोशी छा गई।

"गुड मॉर्निंग, मि. पीटर... मेरा मतलब है सर। आप कैसे हैं?"

"मैं अच्छा हूँ, कर्मांत। देखो, जैसा तुम्हें मालूम ही होगा, हमारी यह बातचीत कल की ग्राहक मीटिंग के बारे में है। कल हमारे नए ग्राहक मि. केविन आनेवाले हैं, जिनके लिए हम बग्स पर रिसर्च और टेस्टिंग प्रोजेक्ट कर रहे हैं। मैं तुम्हें उनकी हैसियत की थोड़ी जानकारी देना चाहूँगा। वे जर्मनी की आई.टी. कंपनी जीरबर्ग आई.टी. सॉल्युशन्स के सेंटर हेड हैं। इस प्रोजेक्ट के लिए वे उस कंपनी में हमारे इकलौते संपर्क सूत्र हैं। मि. केविन ही सारे प्रोजेक्ट्स की टाइमलाइन्स और डेडलाइन्स पर नजर रखते हैं। वे काफी बड़े ग्राहक हैं और हमें यह प्रोजेक्ट हमारे चेयरमैन की काफी व्यक्तिगत कोशिशों के बाद मिला है। हालाँकि तुम्हारा व्यवहार खराब है, लेकिन तुम विश्वसनीय कर्मचारी हो, इसलिए मैं तुम्हें खुलकर बता देता हूँ कि इस प्रोजेक्ट के पूरा होने पर कंपनी को २० बिलियन डॉलर की आमदनी होगी।"

फिर मि. पीटर कुर्सी पर आराम से टिककर बैठ गए। उनकी उँगलियाँ डेस्क पर रखे गोल पेपर होल्डर को घुमाने लगीं और उनकी पैनी नजरें कर्मांत की आँखों को भेदने लगीं।

कर्मांत का ताजी हवा खाने और ठंडा पानी पीने का मन हुआ, लेकिन वह शांत दिखने का संकल्प कर चुका था। उसके दिमाग में आया कि खामोश प्रतिक्रिया ही सबसे अच्छा जवाब है। वह खामोश बना रहा।

खामोशी को तोड़ते हुए पीटर ने पूछा, "तो तुम क्या कहते हो, कर्मांत?"
"किस बारे में... सर?" कर्मांत ने हड़बड़ाकर पूछा।

"ग्राहक के बारे में और इस बारे में कि तुम्हारा नया मैनेजर कल की मीटिंग में तुम्हें अपने साथ रखना चाहता है।"

"मैं मीटिंग में शिरकत कर सकता हूँ, सर।"

"लेकिन तुम करोगे क्या?"

"मैं प्रोजेक्ट के बारे में बताऊँगा।"

"प्रोजेक्ट के बारे में क्या बताओगे?"

कर्मांत को ऐसा लगा, जैसे शब्द गोली की तरह उस पर दागे जा रहे हों।

"मैं दरअसल डेडलाइन्स के बारे में जानता हूँ। मैं जानता हूँ कि कितने समय में इस काम को पूरा किया जा सकता है।"

"हूँ... आगे कहो।"

कर्मांत ने गौर किया कि पीटर के हाथों ने अब पेपर होल्डर को घुमाना बंद कर दिया था और वे अब टेबल पर रखे थे। वे सीधे तनकर बैठ गए थे और उसे गौर से देख रहे थे। उनके चेहरे से उसे पता चल रहा था कि उन्हें उस पर पूरा यकीन नहीं था। वे शायद सोच रहे होंगे कि इतने संवेदनशील मुद्दे पर इतने बड़े ग्राहक के साथ मीटिंग में उसे रखना उचित नहीं है। यह यकीनन संवेदनशील मुद्दा था... इसमें धैर्य... धैर्य की जरूरत होगी। हाँ, यही जवाब था!

"देखिए, चूँकि दरअसल देर हमारी तरफ से हुई है, इसलिए हम धैर्य से उन्हें इसका कारण समझा सकते हैं और फिर..."

"कर्मांत, क्या तुमने धैर्य शब्द का जिक्र किया?"

"ओह हाँ... मेरा मतलब है, हाँ सर।"

"ठीक है। आगे कहो। तुम कौन से कारण बताओगे?"

"हम उनसे डेडलाइन बढ़ाने का आग्रह करें और उन्हें आश्वस्त करेंगे कि इस बार हम समय पर काम पूरा कर देंगे। हम देरी का कारण यह बता सकते हैं कि मंदी का दौर चल रहा है। कुछ कर्मचारी पारिवारिक समस्याओं का सामना कर रहे हैं। इसके अलावा मंदी की वजह से कर्मचारी थोड़े चिंतित हैं। फिर हम उन्हें आश्वस्त कर सकते हैं कि हमने कर्मचारियों को नौकरी की सुरक्षा का आश्वासन दे दिया है और अब वे प्रेरित होकर तेजी से काम करने के लिए तैयार हैं।"

"हूँ। तुम्हें यह दृष्टिकोण कहाँ से मिला?"

"उन्हें पूरी तरह आश्वस्त करने के लिए मैं यही सबसे अच्छा तर्क सोच पाया।"

"ठीक है," पीटर ने उसे गौर से देखा। वे कुछ पलों तक सोचते रहे। खामोशी के उन पलों में कर्मांत का कलेजा सूख रहा था। काश मैंने कोई गड़बड़ न की हो... उसने दोबारा पीटर को देखा। पीटर अपने स्थिर हाथों में रखे गोल पेपर होल्डर को देख रहे थे। फिर पीटर अचानक खड़े हुए और उन्होंने नए मैनेजर को इशारे से बाहर बुलाया।

कर्मांत ने राहत की साँस ली। वह सोच रहा था कि अब परिणाम जाने क्या होगा। नया मैनेजर पीटर के पीछे भागा और बाहर निकलते वक्त कर्मांत से बोला कि वह कुछ समय बाद उससे मिलेगा।

उन्नीस

समय गुजरता गया और लंच का वक्त हो गया। आज भोजन उसके गले से नीचे नहीं उतर रहा था। मैनेजर की खामोशी उसे जानलेवा लग रही थी। वह धैर्य से अपना काम करने बैठा। शाम को ऑफिस की छुट्टी का वक्त करीब आ गया। तब कहीं जाकर नए मैनेजर ने कर्मांत को एक पल के लिए अलग बुलाकर बातचीत की। मैनेजर ने कहा कि वह नए ग्राहक के साथ होनेवाली मीटिंग के लिए ठीक १० बजे ११वीं मंजिल के मीटिंग रूम नंबर ५ में पहुँच जाए।

कर्मांत की खुशी का ठिकाना नहीं था। ११वीं मंजिल के मीटिंग रूम नंबर ५

से उसे कुछ याद आया। यही वह जगह थी, जहाँ उसने मि. मलहोत्रा से बात की थी। यहीं उसकी मीटिंग असफल रही थी। और फिर उसके डिमोशन की घोषणा भी रूम नंबर ५ से ही आई थी... इस बार रूम नंबर ५ मुझे अच्छी खबर देगा। लेकिन मैं अच्छी तरह मीटिंग की तैयारी कैसे करूँ? मुझे आज रात जिन्न से जल्दी मिलना होगा।

कर्मांत लगातार कल की मीटिंग के बारे में ही सोचता रहा। जब नयन ने उसके तनाव का कारण पूछा, तो उसने इस सवाल को नजरअंदाज कर दिया और कल की मीटिंग को सफल बनाने के तरीके सोचने में जुटा रहा।

उसने जैसे-तैसे अपना खाना निगला। फिर वह नयन और राजू के सोने जाने का इंतजार करने लगा।

कुछ देर बाद वे गुड नाइट करके अपने कमरे में चले गए और कर्मांत तेजी से समुद्र तट की ओर भागा। उसका दोस्त जिन्न सूट-कोट की बजाय पाजामे में बाहर निकला।

"अरे! आज तो आपने मुझे बहुत जल्दी बुला लिया। मुझे कपड़े बदलने का भी वक्त नहीं मिला। सब कुछ ठीक तो है, दोस्त?"

"हाँ, जिन्न। सब कुछ अद्भुत है। कुछ महान अवसर सामने आ रहे हैं और यह सब तुम्हारी वजह से हुआ है।"

यह कहते हुए कर्मांत ने जिन्न का एक हाथ अपने हाथ में थाम लिया और दूसरा हाथ उसकी पतली कमर पर रखकर बॉल डांस करने लगा। जिन्न भी खुशी-खुशी पार्टनर बनकर डांस करने लगा और उसने सितारों की तरफ देखकर आँख मारी। सितारों से भी खामोश संगीत निकल रहा था। सितारे भी हौले-हौले नाच रहे थे!

"तुम्हारी कमर इतनी पतली क्यों है, जबकि ऊपर और नीचे के हिस्से इतने मोटे हैं?"

"हा हा हा! तुम भी कैसा मजाक करते हो? मैं जिन्न हूँ और मुझे ऐसा ही शरीर रखना पड़ता है।"

वे दोनों जमकर हँसे और कर्मांत एक टीले पर बैठ गया। वह आज नई चीजें सीखने के लिए उत्सुक था। जिन्न के सबकों के कारण आज वह नया इंसान बन

चुका था। अब उसके पास महत्वाकांक्षाएँ थीं, अरमान थे, खुशियाँ थीं, जिन्हें पूरा करने के लिए वह बेताब था।

"जिन्न। आज मैं वाकई खुश हूँ। हमारी कंपनी में कल एक प्रमुख ग्राहक के साथ मीटिंग होनेवाली है। उसमें मुझे भी बैठने का मौका मिला है। लेकिन दरअसल मैं घबरा भी रहा हूँ। मैं हर हाल में कल की मीटिंग में अच्छा प्रदर्शन करना चाहता हूँ। आज जब मैं एम.डी. से बातचीत कर रहा था, तो वे मीटिंग में मुझे रखने के बारे में थोड़े घबरा रहे थे। उनकी बॉडी लैंग्वेज उनकी उलझन बयान कर रही थी।"

जिन्न ने कहा, "गैर-शाब्दिक संवाद दरअसल संवाद का बहुत व्यापक क्षेत्र है। आपकी बॉडी लैंग्वेज आपके बारे में सबसे ज्यादा बातें बताती है। आपके शब्दों से भी ज्यादा। इसीलिए अमेरिका और यूरोप में शिष्टाचार सिखाने की क्लासें चलती हैं। आपको किस तरह बैठना चाहिए... मंच पर खड़े होना चाहिए... प्रस्तुति कैसे देनी चाहिए... अपने परिवार के साथ रेस्तराँ में कैसे रहना चाहिए... भोजन कैसे करना चाहिए वगैरह वगैरह। और यह सब गैर-शाब्दिक संवाद की श्रेणी में आता है।"

कर्मांत ने पूछा, "जिन्न, एक बात बताओ। कोई ग्राहक कैसा महसूस कर रहा है, यह कैसे मालूम करें? यह कैसे पता लगाएँ कि किन विचारों की वजह से एक खास किस्म की बॉडी लैंग्वेज व्यक्त होती है? क्या तुम बॉडी लैंग्वेज को समझने का आदर्श तरीका बता सकते हो?"

"ओह! मुझे अफसोस है कि यह ज्ञान मेरी पुस्तक में नहीं है।"

"अरे नहीं! काश मैं किसी मीटिंग को देखकर किसी के दिमाग के विचार समझ और पढ़ पाता!"

"आपकी इच्छा ही मेरा हुक्म है, मालिक! चलिए, चलते हैं!"

हिस्ससस.... हिस्ससस....

"ओह जिन्न! ये क्या किया? हम कहाँ जा रहे हैं? तुमने मुझे हवा में इस तरह उड़ाने से पहले चेतावनी क्यों नहीं दी? हे भगवान... मुझे तो दिल का दौरा पड़ जाएगा... मैं आसमान में इतनी ऊपर हूँ... अगर मैं कहीं गिर गया तो..."

"आराम से, मालिक! मैंने आपको कसकर पकड़ रखा है। मैं आपको आश्वस्त करता हूँ, आपको दिल का दौरा नहीं पड़ेगा! हा हा हा हा! आज रात का

सबक थोड़े अलग तरीके से सीखते हैं। मैं आपको अमेरिका ले जा रहा हूँ! वहाँ आप सीखेंगे कि लोग बॉडी लैंग्वेज के जरिए अलग-अलग तरह से प्रतिक्रिया कैसे करते हैं।''

''लेकिन अमेरिका ही क्यों? यहाँ क्यों नहीं? और हम ठीक-ठीक कहाँ जा रहे हैं?''

''हमारे यहाँ रात है! हमारे यहाँ इस वक्त सभी लोग नींद की इच्छा पर प्रतिक्रिया कर रहे हैं। अमेरिका में दिन का वक्त है। इसलिए वहीं चलते हैं। मैं आपको कुछ जगहों पर ले चलूँगा, जहाँ हम अदृश्य रहकर सबक सीख सकें। वादा करता हूँ, आपको मजा आएगा।''

''ठीक है... ठीक है... तो जल्दी करो। मैं जल्दी से जल्दी तुम्हारे कंधे से नीचे उतरना चाहता हूँ।''

दोपहर हो गई और तेज धूप की वजह से कर्मांत की आँखें मिचमिचाने लगीं। उसने कई बार उन्हें मलकर अच्छे से देखा। अमेरिका! उसे यकीन ही नहीं हो रहा था कि वह वहाँ पहुँच गया है! सड़कों पर आवागमन तेज था और पानी तेजी से गिर रहा था। ऊपर से सब कुछ बहुत तेज गति से होता दिख रहा था। उसने सोचा, वाकई प्रगतिशील देश है!

एक बड़ी कंपनी में जिन्न ने कर्मांत को अपने कंधे से उतारा।

कर्मांत ने जिन्न से फुसफुसाकर पूछा, ''यही कंपनी क्यों?''

जिन्न ने जवाब दिया, ''क्योंकि यह दुनिया की सबसे बड़ी आई.टी. कंपनियों में से एक है। यह सबसे बड़ी कंपनी है!''

''क्या? क्या तुम सच बोल रहे हो? मुझे इस पर यकीन नहीं हो रहा है... मेरा मतलब है... हम अमेरिका में लॉस एंजेलिस की सबसे बड़ी कंपनी में हैं! हे भगवान... ओह...''

''अब आहें भरना छोड़ो। हम एक मीटिंग देखते हैं, जो इस वक्त चल रही है। मैंने अपनी शक्ति से तुम्हारी कुछ कोशिकाओं को सक्रिय कर दिया है, जिससे तुम मीटिंग रूम में मौजूद सभी लोगों के विचारों को सुन सकोगे और फिर उनकी बॉडी लैंग्वेज से उनकी तुलना कर सकोगे। इससे तुम्हें कल की मीटिंग के लिए बेहतरीन सबक मिल जाएगा!''

"समझ गया। क्या मैं सचमुच अदृश्य हूँ? क्या लोग वाकई मुझे नहीं देख सकते? ऐसा कैसे हुआ?" रोमांच से भरपूर कर्मांत ने जिन्न पर सवालों की बौछार कर दी।

"मालिक, आप भूल रहे हैं, मैं जिन्न हूँ। मैं असंभव चीजों को आसानी से संभव बना सकता हूँ। अब हमें अपने सबक पर ध्यान केंद्रित करना चाहिए।"

वे खामोशी से एक मीटिंग रूम में पहुँच गए। वहाँ पर सूट-टाई में तीन लोग बैठे थे। प्रोजेक्टर चालू था और बड़ी स्क्रीन पर एक ग्राफ दिख रहा था। ग्राफ नीचे की तरफ झुक रहा था, जिससे पता चलता था कि बिक्री कम हो रही है।

कर्मांत ने सोचा कि यह मीटिंग देखना उसके लिए अच्छा रहेगा, क्योंकि ये लोग भी कंपनी की कम बिक्री की समस्या से जूझ रहे थे।

"सर, पिछले साल हमने इसका अनुमान लगाया था, लेकिन हम टारगेट पूरा नहीं कर पाए। कारण कई थे। मंदी का दौर चल रहा था, हम डाउनटाइम एरर का सामना कर रहे थे और ..."

(यह क्या बकवास है! उसके पास हमेशा बहाने तैयार रहते हैं!)

ओह... मैं उसके विचार पढ़ सकता हूँ! जल्द ही कर्मांत ने बॉडी लैंग्वेज और विचारों को जोड़ना शुरू कर दिया, जो वहाँ बैठे लोगों के दिमाग में आ रहे थे।

"तो इसकी कोई भविष्यवाणी क्यों नहीं की गई और आई.टी. टीम ने किसी सुधार पर फौरन अमल क्यों नहीं किया?" उस आदमी ने पूछा, जिसके हाथ पेट पर बँधे थे और आँखें सवाल पूछते वक्त बाहर निकल रही थीं।

(अब वह आई.टी. के लोगों को दोष देनेवाला है। झूठा कहीं का! चलो देखते हैं।)

"सर यह हमारी गलती नहीं थी। गलती आई.टी. के लोगों की थी। उन्होंने समस्या को फौरन सुलझाने के लिए काम ही नहीं किया," उसने खड़े-खड़े अपनी हथेलियाँ लाचारी में खोल दीं।

(यह बुड्ढा खूसट कभी मेरी बात पर यकीन नहीं करता! मैं तो समझाते-समझाते थक गया हूँ।)

"ठीक है!" बॉस ने अपनी मुट्ठी कसकर बंद कर ली और कमरे से बाहर

चला गया।

(बहस करने से कोई फायदा नहीं है! इसे तो नौकरी से निकालना पड़ेगा!)

हे मेरे भगवान... तो कमरे से जाते वक्त क्या पीटर ने भी ऐसा ही महसूस किया था। लेकिन नहीं... मुझे कल की मीटिंग के लिए मेहनत करनी है... मुझे सफल होना है...!

''हेलो? अब लौट चलें? मीटिंग खत्म हो गई है।''

बीस

''ओह नहीं, जिन्न। क्या तुम मुझे एक और मीटिंग में ले जा सकते हो?''

''ठीक है। आपकी इच्छा ही मेरा हुक्म है, मालिक। एक सेल्समैन है, जो नीचे मैनेजर को कोई प्रॉडक्ट बेचने आया है। वहाँ चलते हैं।''

''ठीक है। मुझे नहीं लगता कि इस मीटिंग से कोई फायदा होगा, लेकिन शायद कोई काम की टिप मिल जाए।''

वे एक मैनेजर के मीटिंग रूम के भीतर चुपचाप घुस गए।

''गुड मॉर्निंग, सर। मैं ग्लोबल नेटवर्क्स से आया हूँ और मैं आपको सॉफ्टवेयर के क्षेत्र में हमारा नवीनतम प्रॉडक्ट दिखाना चाहता हूँ।''

(काश यह ग्राहक आज मुझे मिल जाए! वरना मुझे नौकरी से निकाल दिया जाएगा।)

''कृपया बैठ जाएँ,'' मैनेजर ने रूखी आवाज में कहा।

(यह आदमी अब मेरा दिमाग चाटेगा।)

''आपने मुझे अपनी बात रखने का जो अवसर दिया है, उसके लिए मैं बहुत आभारी हूँ। आप बड़े आदमी हैं और आपने मेरी बात सुनने के लिए अपना बेशकीमती समय निकाला। मैं आपको बहुत धन्यवाद देता हूँ, सर।'' सेल्समैन ने धीरे से कहा और उसकी आँखों में घबराहट झलक रही थी।

''ठीक है। आगे कहें।'' मैनेजर ने थोड़े दोस्ताना अंदाज और मुस्कुराते चेहरे के साथ कहा। मुस्कान यकीनन सच्ची दिख रही थी।

जिन्न ने कर्मांत से मुस्कुराते हुए कहा, ''ऐसा दिखता है कि प्रशंसा काम कर गई!''

''हाँ...'' कर्मांत ने कहा और वह उनकी बॉडी लैंग्वेज, संवादों और विचारों पर गौर करने लगा। इस वक्त वह सचमुच मल्टीटास्किंग कर रहा था। ''सर, हमारे पास जो प्रॉडक्ट है, यह वित्तीय जानकारी के क्षेत्र में सबसे अच्छा है। जैसा आप जानते हैं, वित्तीय क्षेत्र...''

मैनेजर की भौंहें चढ़ गई थीं और वह नीचे टेबल को देख रहा था।

(मुझे लगता है कि मुझे यह जानकारी रहने देनी चाहिए। इसमें उसकी रुचि नहीं लगती है।)

''ठीक है, सर। मैं इस चीज को संक्षेप में बताता हूँ...''

मैनेजर ने आह भरी और ऊपर देखा।

(ईश्वर का शुक्र है! लगता है वह समझ गया।)

''हमारा सॉफ्टवेयर बहुत शक्तिशाली है और वित्तीय डोमेन्स के लोगों के लिए सबसे उपयुक्त है। अगर आप मुझसे इसका कारण पूछें, तो मैं आपको आश्वस्त करता हूँ कि आपके प्रोजेक्ट से संबंधित सारे आँकड़े इस सॉफ्टवेयर में बहुत कम जगह में सुरक्षित रह सकते हैं। इसके अलग-अलग खंड और पेज हैं, जो आपके सारे डेटा को सुनियोजित तरीके से अलग करते हैं। सबसे अच्छी बात यह है कि इसे उच्चाधिकारियों या दूसरे ग्राहकों के सामने पेश करते वक्त आपकी अच्छी छवि बनेगी। मैं आपसे इसका वादा करता हूँ।'' सेल्समैन ने अपनी आँखों में चमक और विश्वास भरी मुस्कान के साथ कहा।

कर्मांत ने मन ही मन सोचा, आहा... उसकी आँखों में सितारे नजर आ रहे हैं... मुझे यकीन है, उसे यह प्रोजेक्ट मिल जाएगा...

(यह तो अच्छा लगता है। देखता हूँ कि मैं ग्राहकों और उच्चाधिकारियों को कैसे प्रभावित कर सकता हूँ।)

मैनेजर ने अपनी कुर्सी पर तनकर बैठते हुए कहा, ''यह सचमुच अच्छा लगता है। क्या आप मुझे फटाफट डेमो दिखा सकते हैं?''

''निश्चित रूप से सर।'' सेल्समैन ने अपने लैपटॉप का कनेक्शन जोड़ते हुए

कहा।

(सब कुछ अच्छा चल रहा है। उसकी दिलचस्पी है।)

"ठीक है सर। यह रहा। यह मेन मेन्यू पेज है। जब आप इस फॉरमैट में इसे चलाते हैं..."

(उसकी आँखें उधर नहीं जा रही हैं, जिधर मैं इशारा कर रहा हूँ। शायद मुझे अपना फोकस बदलने की जरूरत है।)

सेल्समैन ने मैनेजर पर फोकस करते हुए कहा, "सर, अब आप मुझे बताएँ कि आप इससे क्या हासिल करना चाहते हैं।"

मैनेजर ने चौकन्ने होकर कहा, "देखो, तुम तो मुझे यह बताओ कि जब इसे किसी के सामने पेश किया जाता है, तो यह कैसा दिखता है। इसके अलावा, पूरे आँकड़ों का सार दिखाने के लिए कितने पेजों की जरूरत पड़ती है।"

"इसके लिए हम सॉफ्टवेयर के आखिरी ४ पेजों पर चलते हैं। इन आखिरी ४ पेजों को पढ़ने से आपको पूरी तस्वीर पता चल जाती है। इसके अलावा आपके पास कई विकल्प होते हैं, जिनसे आप तस्वीर दिखाने का कोण चुन सकते हैं। आप अपने डेटा को अलग-अलग कोण से दिखा सकते हैं। जैसा इन तस्वीरों से साफ दिख रहा है।" सेल्समैन ने मुस्कुराते हुए कहा।

(हूँ, अच्छा लगता है! उसने फटाफट और बढ़िया डेमो दिया। मैं सॉफ्टवेयर खरीद लूँगा।)

"वाह। यह वाकई सरल है। ४ पेज एकदम आदर्श हैं, ताकि सामनेवाला आँकड़ों को पूरी तरह पकड़ सके। मैं सोचता हूँ कि आपका सॉफ्टवेयर अच्छा लगता है। अब आप ऑपरेशन्स एंड परचेज विभाग में चले जाएँ। वहाँ अपना कोटेशन दे दें। हम एक हफ्ते में आपसे संपर्क करेंगे।"

"ठीक है, सर। एक बार फिर आपके बहुमूल्य समय के लिए धन्यवाद।"

"आपका स्वागत है। आपका दिन अच्छा गुजरे।"

मीटिंग अच्छे अंदाज में खत्म हुई।

कर्मांत ने चौड़ी मुस्कान के साथ जिन्न से कहा, "तो अब चलें?"

जिन्न बोला, "आहा। आप खुश दिख रहे हैं। चलिए, चलते हैं!"

वे हवा में बादलों और सितारों के बीच से होते हुए लौटे। कर्मांत को महसूस हुआ, जैसे वह भी उनमें से ही एक हो। उनके इतने करीब। चमक के इतनी करीब। सफलता की चमक के।

''धन्यवाद जिन्न। तुम नहीं जानते कि तुमने मेरे लिए क्या किया है। मैं आज बहुत खुश हूँ और मुझे यकीन है कि कल मैं ग्राहक के साथ भी इसी तरह आसमान की सैर करूँगा।''

''शुभकामनाएँ। शुभ रात्रि।''

आज कर्मांत जब अपने बिस्तर में घुसा, तो वह सपनों के लोक में ही सैर कर रहा था। कितनी आश्चर्यजनक उड़ान थी... काश मैं इस तरह उड़ सकूँ... मुझे यकीन है कि कल मेरी जिंदगी में सफलता की चमक दोबारा लौटेगी... उसने सितारों की तरफ देखकर आँख मारी और सो गया।

इक्कीस

''गुड मॉर्निंग, डार्लिंग!'' कर्मांत ने रोमांचित आवाज में कहा।

''क्या? तुमने मुझसे कुछ कहा?'' नयन ने आँखें फाड़कर देखा, क्योंकि उसे इससे जोर का झटका लगा था।

''मैं आज नाश्ता नहीं करूँगा।'' कर्मांत ने अपना ब्रीफकेस उठाया। उसने अपनी टाई ठीक की और दरवाजे की तरफ बढ़ने लगा।

''क्यों... मेरा मतलब है मुझे यह पूछने के लिए अफसोस है... मैंने सोचा था कि आज हम एक साथ नाश्ता करेंगे... लेकिन खैर... कोई बात नहीं... मुझे कोई दिक्कत नहीं है...'' नयन ने डरते-डरते कहा।

''देखो नयन...''

''ओह नहीं... मुझे वाकई अफसोस है... मेंने तो बस सोचा था कि तुम भूखे रहोगे... मुझे वाकई अफसोस है... मैं जानती हूँ कि बाहर जाते वक्त टोकने पर तुम गुस्सा हो जाते हो...''

''नयन, कोई बात नहीं है। चिंता मत करो। मैं गुस्सा नहीं हूँ। आज १० बजे ग्राहक के साथ एक महत्त्वपूर्ण मीटिंग है। मैं उसके लिए जा रहा हूँ। शायद वहाँ पर

नाश्ते का इंतजाम भी होगा। दरअसल मुझे अफसोस है कि मैंने तुम्हें यह बात नहीं बताई। तुमने मेरा इंतजार करने में खामख्वाह वक्त बर्बाद किया।''

''कोई बात नहीं, कर्मांत। चिंता मत करो।'' नयन की आँखों में आँसू भरे थे – खुशी के आँसू।

''तुम रो क्यों रही हो, नयन?''

''ओह, कोई बात नहीं है। कल रात से ही आँखों में खुजली चल रही है।''

''तुम ठीक तो रहोगी? कोई दवा डाल लेना।''

''हाँ, हाँ। मैं ठीक रहूँगी। तुम्हारा दिन अच्छा रहे और मीटिंग के लिए शुभकामनाएँ।''

कर्मांत मुस्कराता हुआ कार में बैठ गया। नयन बहुत खुश थी कि उसकी जिंदगी में प्रेम के पुराने दिन दोबारा लौट रहे थे।

''गुड मॉर्निंग, सर। क्या मैं अंदर आ सकता हूँ?'' कर्मांत ने ११वीं मंजिल पर मीटिंग रूम नंबर ५ में कदम रखने से पहले पूछा।

''हाँ, कर्मांत, बैठो। मि. केविन आने ही वाले हैं। उम्मीद है कि तुम तैयार हो,'' पीटर ने कर्मांत और अपने नए मैनेजर को देखते हुए कहा।

''ओह हाँ, सर,'' कर्मांत मुस्कुराया।

''और कर्मांत, मुझे यकीन है कि तुम्हें 'धैर्य' शब्द याद होगा, जिसका तुमने कल इस्तेमाल किया था?''

''हाँ, सर, मैं समझता हूँ। मैं आपको आश्वस्त करता हूँ कि मीटिंग अच्छी रहेगी।''

''हेलो,'' एक आदमी की आवाज आई, जो दरवाजे पर खड़ा था। उसका कद कम से कम ५ फुट ८ इंच होगा। उसके गठीले शरीर पर काली शर्ट, काली टाई और काला कोट था। वाह... क्या जबर्दस्त व्यक्तित्व है, कर्मांत ने सोचा। वह सख्त और आक्रामक नजर आता है... उम्मीद है मेरा प्रदर्शन अच्छा रहेगा... मुझे पूरा यकीन है कि मैं यह काम कर सकता हूँ... जिंदगी में सफलता की चमक लौटनी ही चाहिए...

आत्मविश्वास से भरपूर कर्मांत खड़ा हुआ और नए ग्राहक को देखकर

मुस्कुराया। उसने अपना हाथ पहले आगे बढ़ाकर हाथ मिलाया। मि. केविन प्रभावित हुए।

"हेलो सर, मैं कर्मांत हूँ। आपसे आज व्यक्तिगत तौर पर मिलकर खुशी हुई।"

"मुझे याद नहीं है कि पहले कभी मुझसे आपका परिचय कराया गया था…"

पीटर ने कर्मांत का परिचय कराते हुए कहा, "ओह हाँ, कर्मांत हमारी कंपनी में सीनियर मैनेजर है और एक टीम का मुखिया है। वह इस वक्त रिसर्च टीम के साथ काम कर रहा है और इसका प्रभारी है। उसे आपके प्रोजेक्ट के हर विवरण की पूरी जानकारी है।"

कर्मांत ने मुस्कुराते हुए कहा, "सर, हमें खुशी है कि आप आज यहाँ आए। हमें बहुत अच्छा लगा कि आप अपना बहुमूल्य समय निकालकर हमसे मिलने आए। हम आपके समय की सचमुच कद्र करते हैं।"

"बहुत-बहुत धन्यवाद, कर्मांत। लगता है कि तुम्हें जानना और तुम्हारे साथ काम करना सुखद रहेगा। और हाँ… मुझे सर नहीं, केविन कहो।"

"बिलकुल सर… मेरा मतलब है केविन…"

इस पर हर व्यक्ति जोर से हँसने लगा। पीटर कर्मांत को इतनी अच्छी तरह बातें करते देख सकते में आ गए। कर्मांत बहुत खुश दिख रहा था और उसे सकारात्मक परिणाम पाने पर पूरा भरोसा था।

तभी पीटर ने गंभीर आवाज में पूछा, "तो! डेडलाइन पूरी करने में क्या दिक्कतें हैं? प्रोजेक्ट में देर क्यों हो रही है?"

कर्मांत के नए मैनेजर ने कहा, "दरअसल देखिए, समस्या यह है कि मंदी का समय चल रहा है और …"

केविन ने उसकी बात काटते हुए कहा, "ओह नहीं! छोड़ो भी! प्रोजेक्ट डेडलाइन का मंदी से क्या लेना-देना। यह बहाना नहीं चलेगा," केविन ने अपनी आँखों में निराशा के भाव के साथ कहा।

"नहीं, दरअसल आप मेरी बात नहीं समझ रहे हैं… मेरा मतलब है कि आपको हमारा दृष्टिकोण समझने की कोशिश करनी चाहिए…" नया मैनेजर समझाने

की बहुत कोशिश कर रहा था।

कर्मांत ने गौर किया कि केविन टेबल की तरफ नीचे देख रहा था और नए मैनेजर की बातों पर ध्यान नहीं दे रहा था। उसे कल रात की बॉडी लैंग्वेज याद आ गई। वह समझ गया कि फोकस बदलना जरूरी है। असहमति दर्शाने के लिए केविन अपना सिर हिलाने लगा और नीचे ही देखता रहा।

उसके दिल में एक आवाज गूँजी... कुछ करो कर्मांत... मीटिंग गलत रास्ते जा रही है...

"नहीं, नहीं। मैं इसे स्वीकार नहीं कर सकता। आपको हमारा दृष्टिकोण समझना चाहिए। हमें अपने देश में वादे पूरे करने होते हैं... मेरा मतलब है... मि. पीटर, आप कुछ क्यों नहीं कहते?"

पीटर असहज और निराश थे कि स्थिति ने अचानक गलत दिशा पकड़ ली थी। उन्होंने लाचारी से कर्मांत की तरफ देखा।

"हाँ, मैं सोचता हूँ कि केविन की बात सही है। केविन, मैं आपसे पूरी तरह सहमत हूँ कि आपको अपने देश में वादे पूरे करने हैं। लेकिन अगर आप मुझे एक मौका दें, तो शायद मैं आपको बेहतर ढंग से बता सकता हूँ," कर्मांत ने केविन की तरफ सच्ची निगाह डालकर आग्रह किया।

"हाँ, कृपया बताएँ। अगर मुझे आपकी बात सही लगी, तो मैं प्रोजेक्ट यहीं रखूँगा, वरना प्रोजेक्ट इस कंपनी की दीवारों के बाहर चला जाएगा... मुझे यह कहते हुए अफसोस है।"

कर्मांत बोला, "चिंता न करें, केविन। आप हमारे महत्त्वपूर्ण ग्राहक हैं। आपके साथ जुड़ने से हमारा महत्व बढ़ गया है। हम आप जितने मूल्यवान ग्राहक को हाथ से जाने नहीं देंगे, केविन।"

यह सुनकर केविन खुश हुआ और उसने कर्मांत की तरफ नजरें उठाकर देखा। वह कर्मांत की तरफ देखकर मुस्कुराया और उसके अच्छे शब्दों के लिए धन्यवाद दिया। हर एक ने राहत की साँस ली। सभी लोग अब साँस रोककर इंतजार करने लगे कि कर्मांत केविन को कैसे मनाता है। न जाने क्यों, उन्हें यकीन था कि कर्मांत यह काम कर लेगा।

"केविन, समस्या यह है कि मंदी के कारण भारत में बहुत से लोगों की नौकरी

खतरे में आ गई। बड़ी-बड़ी आई.टी. कंपनियों की हालत भी खराब है। आपने यह खबर देखी या सुनी होगी कि हजारों लोगों को नौकरी से निकाल दिया गया।''

कर्मांत ने एक बार फिर पाया कि केविन दोबारा नीचे देखने लगा था। यह अरुचि या असहमति का संकेत था। उसने फोकस बदलने का फैसला किया।

थोड़ी देर ठहरकर और खामोश रहने के बाद केविन ने दोबारा नजरें उठाकर कर्मांत को देखा।

''केविन, यहाँ कई लोगों के परिवार और पार्टनर काम कर रहे हैं, जिनकी नौकरी चली गई। सत्यम जैसी अच्छी कंपनियों की खस्ता हालत से यहाँ के लोग तनाव में आ गए। कई कर्मचारियों ने नए घरों और कारों के लिए लोन ले रखा था और उनके परिवारवालों की नौकरियाँ जाने की वजह से यह उनके लिए बहुत निराशाजनक समय रहा है।''

केविन की निगाह कर्मांत पर जमी हुई थी। कर्मांत ने देखा कि वह उसे यकीन दिलाने में कामयाब हो रहा है।

''पिछले हफ्ते हमने कर्मचारियों से कहा कि हम घटनाओं पर चिंतित हैं। हमने उन्हें गारंटी दी कि हम अपनी कंपनी में किसी कर्मचारी को नौकरी से नहीं निकालेंगे। यह सुनकर वे दोबारा प्रेरित हो गए और अब वे पूरे दिल से काम करने लगे हैं। आप समझ ही सकते हैं कि लगातार नौकरी छूटने के डर में जकड़ी टीम को देखना कैसा महसूस होता है।

''अगर आप हमें २५ दिनों की मोहलत और दें, तो हम आपको आश्वस्त करते हैं कि हम प्रोजेक्ट पूरा कर देंगे और अपनी तरफ से उसकी समीक्षा भी कर देंगे।''

''ओह, यह सचमुच दुःखद है। मुझे लगता है, यहाँ मंदी की मार ज्यादा ही पड़ी है। देखो, मैं समझता हूँ। लेकिन २५ दिन हमारे लिए बहुत लंबा समय है। कर्मांत, मैं तुम्हें ज्यादा से ज्यादा १० दिन की मोहलत दे सकता हूँ।''

''१५ दिन। केविन, हम इसे आखिरी मान लेते हैं। आप और आपका प्रोजेक्ट हमारे लिए बहुत महत्त्वपूर्ण है और हमारी प्राथमिकता हैं...''

''नहीं, नहीं। १५ दिन बहुत ज्यादा हैं...''

"प्लीज सर। प्रोजेक्ट देखने के बाद आप इस बात पर खुश होंगे कि आपने यह प्रोजेक्ट हमें दिया। मैं आपको यकीन दिलाता हूँ। कृपया हमें यह मौका दें।"

"ठीक है, ठीक है... १५ दिन। उसके बाद एक दिन भी नहीं। तुम सचमुच अच्छा बोलते हो, कर्मांत," केविन ने मुस्कुराते हुए कर्मांत से हाथ मिलाया।

हर व्यक्ति मुस्कुराया और इतना खुश हुआ कि अगर वे चिल्लाते, तो छत हिल जाती।

कॉफी और बिस्किट बुलाए गए। कॉफी पीटर को कुछ ज्यादा ही मीठी लग रही थी। उन्हें कर्मांत पर नाज था।

कर्मांत ने अपनी कॉफी में दो चम्मच चीनी डाली। मीटिंग रूम के बल्ब कॉफी में सितारों की तरह चमक रहे थे। चमकते सितारे आखिर उस तक नीचे आ ही गए...

बाईस

पीटर इससे इतने खुश हुए कि उन्होंने कर्मांत और अपने नए मैनेजर को लंच के लिए बाहर ले जाने का फैसला किया।

वे तीनों ताज की आलीशान कुर्सियों पर बैठे थे।

"कर्मांत, तुमने तो कमाल ही कर दिया! तुम्हें हुआ क्या है? तुमने पहले कभी तो इस तरह बात नहीं की... मेरा मतलब है तुमने केविन को इतनी अच्छी तरह मना लिया। तुमने आज जबर्दस्त काम किया! वह हमारा बहुत बड़ा ग्राहक था। तो तुमने कर्मांत को आज की मीटिंग में हमारे साथ क्यों रखना चाहा था?" पीटर ने नए मैनेजर से पूछा।

"उसे इन मीटिंग्स का बहुत अच्छा अनुभव है और उसका संवाद भी पूरी तरह बदल गया है, इसलिए मैंने सोचा कि वही सबसे अच्छा विकल्प रहेगा। क्यों, सर?" नए मैनेजर ने उत्सुकता से पूछा।

"सचमुच वह सबसे अच्छा विकल्प था," पीटर ने मुस्कुराते हुए कहा।

वे लंच शुरू करने ही वाले थे। तभी कर्मांत ने मि. मलहोत्रा को पास से गुजरते देखा। वह खड़ा हो गया और कदम बढ़ाकर उसने उनका अभिवादन किया।

"हेलो, मि. मलहोत्रा। आप कैसे हैं, सर? हमारी पिछली बातचीत को काफी वक्त हो चुका है," कर्मांत ने कहा। वह आज इस पर भी निशाना लगाएगा। आज के दिन उसकी किस्मत का सितारा बुलंद था!

"ओह, मैं अच्छा हूँ। दरअसल मैं जल्दी में हूँ। मैं यहाँ अपने मैनेजर्स के साथ लंच कर रहा हूँ।"

"ओह, यह तो बड़ी अच्छी बात है। आप हमारे साथ लंच क्यों नहीं करते? इस दौरान हम बातचीत भी कर सकते हैं।"

"नहीं, नहीं, दरअसल, मुझे यकीन नहीं है कि उन्हें यह अच्छा लगेगा..."

"ओह छोड़िए भी, सर। आप जैसे ज्ञानी व्यक्ति के साथ बात करके खुशी होगी।"

"नहीं, मैं दरअसल... तुमने क्या कहा?"

"हाँ सर, आप सम्मानित व्यक्ति हैं और मैं हमारी कंपनी के साथ आपके संबंध को महत्व देता हूँ। दरअसल मैं आपसे और आपके मैनेजर्स से माफी माँगना चाहता हूँ कि मैंने अतीत में इतना बुरा व्यवहार किया। मेरे खराब संवाद के कारण मेरी कंपनी ने आप जैसा सम्मानित ग्राहक गँवा दिया। मुझे सचमुच अफसोस है।"

"ओह नहीं... यह ठीक है... कर्मांत, तुम बदल गए हो। मुझे खुशी है कि तुम इतनी अच्छी तरह बात करने लगे हो। चलो, एक साथ लंच करते हैं और पुराने संबंधों को फिर से जोड़ने के बारे में विचार करते हैं।"

मि. मलहोत्रा ने कर्मांत को अपने दो मैनेजर्स से मिलवाया। उन्होंने मिलकर सुखद लंच किया। मि. मलहोत्रा कर्मांत से बात करके इतने खुश हुए कि उन्होंने कंपनी के साथ पुराने अनुबंधों को दोबारा नया कर दिया।

पीटर कर्मांत से इतने प्रभावित हुए कि उन्होंने कर्मांत को शाम ५ बजे अपने ऑफिस में बुलाया।

"क्या मैं अंदर आ सकता हूँ, सर?"

पीटर ने मुस्कराते हुए कहा, "हाँ, कर्मांत, आ जाओ।"

"कर्मांत, तुम इस कंपनी में खराब संप्रेषक की मिसाल थे," पीटर ने कहा और खामोश हो गए।

अब यह क्या है... वे ऐसी बातें क्यों कह रहे हैं... मैंने आज उन्हें दो अच्छे ग्राहक दिलाए... ठीक है, ठीक है... जवाब देने से पहले ठहरो... सही प्रतिक्रिया दो, कर्मांत...

"कर्मांत, क्या तुम्हें इस बारे में कुछ नहीं कहना है?"

"नहीं, सर। सच तो यही है कि मैं खराब संप्रेषक था।"

"लेकिन अब नहीं। हमने चेयरमैन और बोर्ड के साथ रिव्यू मीटिंग की है और तुम्हें दोबारा पुराने पद पर प्रमोशन दे दिया है। इसके साथ ही हम प्रशिक्षण विभाग के वाइस प्रेसिडेंट पद के लिए भी तुम्हारे नाम पर विचार कर रहे हैं। यह नया पद अगले तीन महीनों तक तुम्हारे प्रदर्शन की समीक्षा के बाद ही दिया जाएगा। यह कैसा लगता है?"

"मैं... मैं नहीं जानता... हा हा... मैं सचमुच नहीं जानता कि क्या कहूँ, सर... हे भगवान... बहुत बहुत धन्यवाद भगवान... धन्यवाद..."

"शायद तुम मुझे भी धन्यवाद देने का काम कर सकते हो।"

वे दोनों खुलकर हँसने लगे। कर्मांत सातवें आसमान पर था। हर बार की तरह हर कर्मचारी उसे मेंढक की तरह आँखें फाड़-फाड़कर देख रहा था।

"देखो भई, मैं किसी दूसरे ग्रह से आया हुआ प्राणी नहीं हूँ!"

हर कोई उसके साथ हँसने लगा। उसने नयन को फोन किया कि वह शाम ७ बजे तैयार रहे। वह आज रात परिवार के साथ बाहर डिनर करने जा रहा था।

इस दिन ने उसकी जिंदगी में चमक भर दी थी और वह जिन्न का आभारी था। जिन्न के कारण ही यह सब हुआ था। वह अपनी खुशी पर काबू नहीं कर पाया और घर चला गया। वह आज रात को परिवार के साथ गुणवत्तापूर्ण समय गुजारनेवाला था।

तेईस

जब नयन ने दरवाजा खोला, तो कर्मांत हैरान रह गया। चमकती लाल साड़ी में नयन उसे सुंदर लग रही थी।

"तुम तो कमाल की दिख रही हो, नयन! मैंने तुम्हें पहले कभी ऐसा नहीं देखा!"

"शुक्रिया! लेकिन मैं अब भी वही पुरानी नयन हूँ।"

"हमारा छोटा राजू कहाँ है? राजू। देखो, पापा घर आ गए हैं।"

राजू छोटे-छोटे कदमों से भागता हुआ कमरे में आया और उसके पैरों से लिपट गया। "पापा! क्या हम कहीं बाहर जा रहे हैं?"

कर्मांत ने अपने छोटे से देवदूत को देखा। उसने उसके लाल फुल पैंट और सफेद टी-शर्ट पर गौर किया, जो वह पहने था। लाल टोपी उसके छोटे-छोटे कानों को ढँक रही थी। टोपी उसके माथे से नीचे तक आकर उसकी भौंहों को छू रही थी। यह मासूम बच्चा घूमने जाने की बात सुनकर पापा का सारा गुस्सा भूल गया था। कर्मांत ने सोचा, बच्चे सचमुच ईश्वर की सर्वश्रेष्ठ रचना होते हैं...

उसने पहले कभी राजू को इतने गौर से नहीं देखा था। उसकी आँखों में आँसू भर आए, जब वह अपने देवदूत के करीब बैठकर उसकी टोपी सही करने लगा, ताकि उसे सही दिख सके। उसने जब उन मासूम आँखों में झाँककर देखा, तो उसे उनमें सितारे चमकते दिखे। मेरा सितारा यह है... मेरा बच्चा... उसने उसे कसकर अपनी बाँहों में ले लिया और नयन से दूर चेहरा घुमा लिया। उसकी आँखों से आँसू बहकर उसके होंठों तक आने लगे थे। उसने अपने परिवार पर बहुत अत्याचार किया था... "मुझे अफसोस है, राजू..."

वह तैयार हुआ और वे सभी एक साथ डिनर करने बाहर चल दिए।

अपनी आजीवन प्रेमिका और अपने नन्हे देवदूत के साथ उसने अच्छा डिनर किया। डिनर जल्दी ही खत्म हो गया। राजू होटल में यहाँ-वहाँ दौड़ लगाता रहा... उसके छोटे-छोटे हाथ एक्वेरियम में मछलियों का पीछा करते रहे और छोटे-छोटे पैर वरांडे में तेजी से भागते रहे।

आइसक्रीम खाकर तो राजू को मजा आ गया। जब खिलौनों की दुकान से उसके लिए कार खरीदी गई, तो यह शायद राजू की जिंदगी का सबसे अच्छा दिन बन गया। कार पार्क होते ही राजू कूदा और उसने कर्मांत को इशारे से बताया कि वह उसे अपनी बाँहों में उठा ले।

कर्मांत ने बच्चे को अपनी बाँहों में उठाया और उसके साथ खेलते हुए उसके कमरे तक ले गया। नयन कपड़े बदलने और रात की तैयारी करने चली गई। राजू अब भी कर्मांत की बाँहों में था और कर्मांत ने उसे कुछ समय तक झूला झुलाया।

जल्द ही नन्हा देवदूत सो गया। कर्मांत ने उसकी ओर देखा, उसका माथा चूमा और उसे उस छोटे बेबी हाउस में लिटा दिया, जहाँ वह अपने किटी बेड पर सोता था।

उसने फुसफुसाकर कहा, "राजू, मैं तुमसे प्यार करता हूँ और मुझे अफसोस है कि मैं सारे वक्त तुम पर गुस्सा होता रहा।" फिर वह उस कमरे से बाहर निकल गया।

उसने अपने कमरे में कदम रखा। नयन खिड़की के पास खड़ी थी। वह धीरे से उसके पास जाकर खड़ा हो गया। उसने पूछा, "तुम ठीक तो हो, नयन? क्या तुम्हें डिनर में मजा आया? तुमने आज रात ज्यादा बातचीत नहीं की।"

नयन ने उसकी ओर चेहरा घुमाया और रोने लगी। उसकी खामोशी और धैर्य का बाँध टूट चुका था। उसकी आँखों से आँसू बहे जा रहे थे। उसने कर्मांत को कसकर पकड़ लिया और सारे वक्त रोती रही। हालाँकि नयन एक शब्द भी नहीं बोली थी, लेकिन कर्मांत हर चीज समझ गया। वह जानता था कि नयन ने कितने कष्ट उठाए थे।

उसकी आँखों से भी आँसू बहने लगे और वह बस इतना ही कह पाया, "मुझे इस सबके लिए अफसोस है, नयन। मैं तुम्हारा गुनहगार हूँ और तुमसे माफी माँगता हूँ।" वे दोनों लिपटकर रोते रहे।

काफी देर बाद नयन ने ऊपर देखा और हल्के से मुस्कुराई। कर्मांत की आँखों ने सब कुछ बयान कर दिया। "धन्यवाद नयन, जो तुमने मेरा साथ दिया। अगर तुम न होतीं, तो मेरी जिंदगी से सब कुछ चला गया होता। तुमने खामोश रहकर मुझे संबल दिया। यह कहने की जरूरत नहीं है कि तुम ही मेरी जिंदगी में सब कुछ हो। तुम मेरे लिए दुनिया में सबसे महत्त्वपूर्ण हो और मुझे अफसोस है, जो मैंने तुम्हें इतना कष्ट दिया।"

नयन ने अपनी आँखें बंद करके ईश्वर को धन्यवाद दिया। वह इस दुनिया की हर चीज के लिए शुक्रगुजार थी। कर्मांत ने हौले-हौले उसका सिर थपथपाया और वह कर्मांत को दोबारा पाने की खुशी में सारी शिकायतें भूलने को तैयार हो गई और सो गई।

देर रात में कर्मांत धीरे से अपना चिराग उठाकर बाहर चल दिया। धीमे कदमों से वह समुद्र तट की राह पर चलने लगा। उसकी आँखों से अब भी आँसू बह रहे थे। उन्हें पोंछकर उसने अपने सबसे अच्छे दोस्त को बाहर बुलाया।

"हेलो। आज का दिन कैसा रहा?"

कर्मांत के चेहरे के दुःखी भाव देखकर जिन्न चिंतित हो गया।

"क्या हुआ?"

"जिन्न, आज मैं समझ गया कि खामोश धैर्य और आँसुओं का क्या मतलब होता है। मैं आज अपने परिवार को बाहर घुमाने ले गया था। मैंने उनकी आँखों में खुशी और दुःख दोनों देखे। मैंने उन पर नाराज होकर कितना वक्त बर्बाद कर दिया? नन्हा राजू आज बहुत खुश था और नयन भी। मुझे बहुत अफसोस है कि मैंने अतीत में उनके साथ इतना बुरा सलूक किया। मेरे गलत संवाद के कारण नयन और राजू तबाह हो गए थे। अगर मैं उसी ढर्रे पर चलता, तो उन्हें हमेशा-हमेशा के लिए खो देता।"

"सुनें! खुश हो जाएँ। आपने सही वक्त पर अपनी गलती सुधार ली। तो अब खुश हो जाएँ और इसके लिए ईश्वर को धन्यवाद दें।"

कर्मांत बोला, "हाँ। जिन्न, परिवार कितना महत्त्वपूर्ण होता है, यह एहसास मुझे आज हुआ है। हम जिनसे सबसे ज्यादा प्यार करते हैं, उन्हीं को सबसे ज्यादा चोट पहुँचाते हैं। लेकिन दुःखद बात यह है कि हम अपनी चोट तो जाहिर कर देते हैं और अपने शब्दों से उन्हें दुःख तो देते हैं, लेकिन हमें यह एहसास ही नहीं होता कि अपने शब्दों से उनके प्रति प्रेम जताना और उन्हें खुशी देना भी जरूरी है।"

जिन्न बोला, "क्या आपने कभी गौर किया है कि हमारे संवाद का किसी पर क्या असर होता है? चाहे आप प्रेम का इजहार करें या क्रोध या उदासीनता का, फर्क इस बात से पड़ता है कि यह इजहार किस तरह किया जाता है। शब्दों के गलत इस्तेमाल से सही भावना भी गलत बन सकती है और संदेश पहुँचाने के पूरे मकसद को निरर्थक बातचीत या बहस में बदल सकती है।

"हम अपनी भावनाएँ शब्दों के माध्यम से व्यक्त करते हैं। अगर हमें अपने शब्दों के महत्व का एहसास नहीं है, तो हमारा संवाद विचारों की बर्बादी है। सही संवाद और शब्दों के चयन से संबंध बनाने में बहुत फर्क पड़ सकता है।

"आज के दौर में क्या हम परिजनों या प्रियजनों के बीच के सतत संघर्ष को देख पाते हैं? क्या हम तलाक के बढ़ते प्रतिशत पर गौर करते हैं? संयुक्त परिवार की अवधारणाएँ आज खत्म हो रही हैं। हम हर वक्त परिवार के किसी सदस्य या

किसी प्रियजन के साथ तनाव में रहते हैं। क्या आपने कभी सोचा कि यह सब क्यों हो रहा है? इस गड़बड़ का क्या कारण है? और हम इसे कैसे सुलझा सकते हैं?"

कर्मांत ने जवाब दिया, "नहीं, जिन्न। मैंने दरअसल इस बारे में कभी नहीं सोचा। लेकिन आज मैं जान गया हूँ कि जवाब है सही संवाद।"

जिन्न ने कहा, "सही संवाद प्रेम और विश्वास बनाने तथा उसे मजबूत करने की सबसे अच्छी तकनीक है। सही संवाद सही सोच के साथ ही संभव है। हमेशा सही सोचें और खुद को या दूसरों को धोखा न दें। अगर इस पर अमल किया जाए, तो आपका संवाद झूठ और गलतफहमियों से मुक्त रहेगा।

"यह समझ लें और चेतन रूप से हमेशा याद रखें कि सही संवाद से आपसी प्रेम और विश्वास बढ़ता है।

"हमेशा याद रखें कि सही संवाद से आपके परिवार या आस-पास के लोग एक दूसरे की बात समझ सकते हैं और अच्छी भावनाएँ कायम रख सकते हैं। क्या आपको लगता है कि आप अच्छी तरह सोते हैं? या कभी-कभार आपको लगता होगा कि हालाँकि आप बहुत देर तक सोए, लेकिन आपको अच्छी नींद नहीं आई? क्या आपको महसूस होता है कि आपके दिमाग में इतनी सारी चीजें घुमड़ रही थीं, इसलिए आपको नींद में बहुत से सपने आए?

"यह सब अधूरे संवाद का परिणाम है। हमेशा आस-पास के लोगों के साथ पूर्ण संवाद करें। कई बार लोग छोटी-छोटी महत्वहीन बातों पर एक दूसरे से नाराज हो जाते हैं और कई घंटों या कई दिनों तक एक दूसरे से बातचीत नहीं करते हैं। कुछ दोस्त छोटे-छोटे मुद्दों पर लड़ बैठते हैं और कई साल तक एक दूसरे का मुँह न देखने की कसम खा लेते हैं। परिवार में भी इसी तरह की चीजें होती हैं और लोग एक दूसरे के साथ संपर्क करने या जुड़ने की कोशिश ही नहीं करते हैं। हमारे लिए यह समझना जरूरी है कि हमें हर एक के साथ पूरा संवाद करना चाहिए।

"एक आदमी था, जो अपने परिवार की खातिर जी-जान एक कर देता था। वह अपने परिवार के सभी सदस्यों के लिए मेहनत से सारे कर्तव्य निभाता था। उसने घर के हर व्यक्ति की देखभाल करने में अपनी जिंदगी के २५-३० साल लगा दिए। उसने हर एक की इच्छाओं और जरूरतों को पूरा किया। उसने उन्हें खुश रखने की पूरी कोशिश की और उनकी खातिर अपने सपने तक कुर्बान कर दिए। एक दिन उसके दोस्त ने उससे कहा, 'तुम बहुत अच्छे आदमी हो। तुमने अपने परिवार की

खातिर अपनी सारी इच्छाएँ कुर्बान कर दीं। तुमने अपनी पूरी जिंदगी न्योछावर कर दी और इतने सालों तक पूरा वक्त समर्पित कर दिया। तुम सचमुच महान इंसान हो।' यह सुनकर उस आदमी की आँखों में आँसू भर आए और छलकने लगे। उसके दोस्त ने चिंता से पूछा, 'क्या हुआ? मैं तो तुम्हारे कामों की तारीफ कर रहा था। तुम दुःखी क्यों हो गए?' उस आदमी ने आँखों में आँसू भरकर जवाब दिया, 'मैं सारी जिंदगी यह बात सुनने का इंतजार कर रहा था। मैं चाहता था कि मैंने अपने परिवार के लिए जिंदगीभर जो किया, उसके लिए कोई मेरी तारीफ करे। तुम पहले इंसान हो, जिसने इस बात के लिए मेरी तारीफ की। आज मुझे बहुत अच्छा लग रहा है, क्योंकि किसी ने मेरे त्याग को महत्व दिया। मैं इतने बरसों से तरस रहा था कि मेरे परिवार का कोई सदस्य मुझसे यह बात कहे और मेरे त्याग की प्रशंसा करे।' यह कहकर वह एक बार फिर रोने लगा।

"किसी के काम की तारीफ करना भी संवाद का एक महत्त्वपूर्ण पहलू है।"

कर्मांत ने पूछा, "जिन्न, क्या तुम मुझे गलत संवाद के कुछ उदाहरण दे सकते हो, जो हम करते हैं? और साथ ही सही संवाद के भी, जैसा हमें करना चाहिए?"

"ठीक है।" जिन्न ने कुछ पन्ने पलटे और कर्मांत के पास रेत पर एक तालिका बनाकर उसमें शब्द लिख दिए। "यह लो, इस तालिका को पढ़ लो।"

गलत संवाद – मैं यह कार नहीं खरीद पाऊँगा, क्योंकि यह बहुत महँगी है।

सही संवाद – मैं इस कार को नहीं खरीद पाऊँगा। लेकिन अगर मैं चाहूँ, तो कुछ ही समय में इसे खरीदने के लिए पर्याप्त पैसा कमा सकता हूँ।

गलत संवाद – तुम वाकई मूर्ख हो और तुम कभी कोई चीज सही नहीं कर सकते।

सही संवाद – तुमने इसे अच्छी तरह किया है, लेकिन अगर तुम ज्यादा कोशिश करो, तो इसे बेहतर कर सकते हो।

गलत संवाद – तुम मुझसे प्रेम नहीं करते हो। तुम हमेशा अपने दोस्तों के साथ रहना चाहते हो।

सही संवाद – तुम अपने दोस्तों के साथ वक्त गुजारते हो, इससे मुझे कोई दिक्कत नहीं है। मैं तो बस इतना चाहती हूँ कि तुम मेरे साथ भी थोड़ा वक्त बिताया करो।

गलत संवाद - समस्याएँ हमेशा मेरे पास चली आती हैं। एक भी दिन अच्छी तरह नहीं गुजरता है।

सही संवाद - समस्याएँ हर एक की जिंदगी में आती हैं। मैं भी अपवाद नहीं हूँ, लेकिन मैं उनका सामना साहस के साथ करूँगा।

गलत संवाद - तुम इतने स्वार्थी हो कि हमेशा खुद के बारे में ही सोचते रहते हो।

सही संवाद - कृपया ऐसा व्यवहार न करें। जब आप ऐसा व्यवहार करते हैं, तो मुझे बुरा लगता है। कोई बेहतर तरीका हो सकता है।

चौबिस

"आइए, अब मैं आपको कुछ अच्छे कोटेशन बताए देता हूँ - ज्यादातर समस्याएँ इसलिए उत्पन्न होती हैं, क्योंकि लोग असरदार संवाद नहीं कर पाते हैं। सुनने की कला विकसित करने से पुल बनाने और बेहतर संबंध बनाने में मदद मिलती है। - संतोष बाबू

सभी सुखी परिवार एक जैसे होते हैं; हर दुःखी परिवार अलग-अलग तरह से दुःखी होता है। - टॉल्स्टॉय के उपन्यास अन्ना कैरेनिना से

"शायद उनका मतलब यह है कि संवाद पूरा तब होता है, जब मस्तिष्क खुश और असीमित हो और विकृति तब आ जाती है, जब दुःखी और निराश मनोदशा हो। परिवार या समूह की ज्यादातर समस्याएँ इसलिए उत्पन्न होती हैं, क्योंकि लोग सही संवाद करने में असफल रहते हैं।

"देखिए, आप यह बात अक्सर कहते होंगे, 'मैं जो कह रहा हूँ, वह तुम नहीं समझ पाए' या ऐसे ही शब्द? संवाद एक व्यक्ति से दूसरे व्यक्ति के बीच सूचना और विचारों का आदान-प्रदान या प्रवाह है।"

कर्मांत ने पूछा, "जिन्न, परिवार में संवाद प्रक्रिया कैसी होती है? यहाँ क्या गड़बड़ हो जाती है? क्या ऑफिस और परिवार दोनों जगह एक जैसे बुनियादी सिद्धांत लागू किए जा सकते हैं?"

जिन्न ने जवाब दिया, "हूँ। मिसाल के तौर पर, यह संदेश देखें : 'आप बहुत बुद्धिमान हैं।' क्या इन शब्दों से सुननेवाले तक हर बार वही अर्थ पहुँचेगा?

"दिलचस्प बात यह है कि हम सभी अपने-अपने तरीकों से शब्दों की व्याख्या करते हैं, इसी वजह से सरल संदेशों का भी अलग-अलग मतलब निकाला जाता है।

"पृष्ठभूमि से ही संदेश पहुँचता है - अंदाज, बोलनेवाले की आँखों के भाव, बॉडी लैंग्वेज, हाथ की मुद्राएँ और भावनात्मक स्थिति (क्रोध, डर, अनिश्चितता, आत्मविश्वास आदि)। हम सुनी हुई बात से ज्यादा यकीन देखी हुई चीज पर करते हैं, यही कारण है कि हम शब्दों के बजाय गैर-शाब्दिक व्यवहार पर ज्यादा भरोसा करते हैं। तो हमारे बोलते वक्त सामनेवाला दो चीजों पर गौर करता है : हम क्या कहते हैं और हम उसे किस तरीके से कहते हैं, ये दोनों ही महत्त्वपूर्ण हैं।"

कर्मांत ने कहा, "लेकिन जिन्न, आम तौर पर हम सोचते हैं कि अगर हमने संदेश पहुँचा दिया है, तो संवाद पूरा हो गया है।"

जिन्न बोला, "संप्रेषण को तब तक सफल नहीं माना जा सकता, जब तक कि सुननेवाला संदेश को पूरी तरह न समझ ले।"

कर्मांत ने पूछा, "तो आपको यह कैसे पता चल सकता है कि सामनेवाले ने इसे सही तरीके से समझ लिया है?"

जिन्न बोला, "दोतरफा संप्रेषण या फीडबैक से। संवाद की राह में कई अवरोध होते हैं।

हम स्वयं : सामनेवाले के बजाय खुद पर ध्यान केंद्रित करने से दुविधा और संघर्ष उत्पन्न हो सकता है। अक्सर हम अपनी प्रतिक्रिया के बारे में सोचते रहते हैं और इस चक्कर में सामनेवाले की बातों पर ध्यान केंद्रित नहीं करते हैं। कई अन्य घटक भी इसके लिए जिम्मेदार होते हैं, जैसे रक्षात्मकता (हमें लगता है कि कोई हम पर हमला कर रहा है), श्रेष्ठता का भाव (हमें लगता है कि हम सामनेवाले से ज्यादा जानते हैं), और अहं (हमें लगता है कि हम सृष्टि का केंद्र हैं)।

अनुभूति : अगर हमें लगता है कि कोई व्यक्ति बहुत तेजी से बात कर रहा है, धाराप्रवाह नहीं बोल रहा है या स्पष्ट उच्चारण नहीं कर रहा है, तो हम उसे नजरअंदाज कर देते हैं। हमारे पूर्व-निर्धारित नजरिए सुनने की हमारी क्षमता पर असर डालते हैं। हम ऊँचे दर्जे के लोगों की बात बड़ी उत्सुकता से सुनते हैं और निचले दर्जे के लोगों की बात को खारिज कर देते हैं।

मानसिक अवस्था : तनाव में लोग चीजों को अलग तरीके से देखते हैं। हम किसी पल जो देखते और यकीन करते हैं, उस पर हमारे मनोवैज्ञानिक दृष्टिकोण – विश्वास, जीवनमूल्य, ज्ञान, अनुभव और लक्ष्य का असर पड़ता है।

"ये अवरोध फिल्टर्स का काम करते हैं। इनका इस्तेमाल करके हम फैसला करते हैं कि हमारे लिए क्या उपयोगी है। कोई भी इन फिल्टर्स से पूरी तरह नहीं बच सकता। अगर आप हर सूचना और जानकारी को गंभीरता से लेने लगें, तो आप जानकारी की बाढ़ में गले तक डूब जाएँगे। लेकिन दूसरी तरफ, अगर आप इस फिल्टरिंग प्रक्रिया के बारे में चेतन या जागरूक नहीं हैं, तो आप बहुत सी मूल्यवान जानकारी से वंचित रह जाएँगे। इन फिल्टर्स से उबरने का एक तरीका है सक्रियता से सुनना और फीडबैक देना।

पच्चीस

"हम सभी के कानों में शब्द जाते हैं, लेकिन हम सभी सुनते नहीं हैं। इन दोनों में फर्क होता है। कानों में शब्द जाना अनैच्छिक है, जबकि सुनने में कही हुई बात को ग्रहण करना और उसकी व्याख्या करना शामिल है। यह सुनी हुई ध्वनि की डिकोडिंग करके उसे अर्थ में बदलता है। क्या दरवाजे पर हुई दस्तक हर वक्त एक सी सुनाई देती है? अगर आप अकेले हों और आपको देर रात को दस्तक सुनाई दे, तो क्या हो? जब आप किसी प्रियजन के आने की उम्मीद कर रहे हों, तब हुई दस्तक का क्या आप अलग अर्थ नहीं निकालेंगे?

"लोग आम तौर पर १०० से १७५ शब्द प्रति मिनट की गति से बोलते हैं, लेकिन हम प्रति मिनट ६०० से ८०० शब्द अच्छी तरह सुन सकते हैं। इसका मतलब है कि ज्यादातर वक्त हमारे दिमाग का सिर्फ एक हिस्सा ही ध्यान देता है, इसलिए हमारा ध्यान आसानी से भटक सकता है। यह हम सभी के साथ होता है। इलाज है : सक्रियता से सुनना। इसमें हम सुनने के इरादे के साथ सुनते हैं। इसमें जानकारी हासिल करना, दिशाज्ञान हासिल करना, दूसरों को समझना, समस्याएँ सुलझाना, रुचियों का आदान-प्रदान, सामनेवाले की भावनाओं को समझना और समर्थन जताना शामिल होता है। इस तरह से सुनने में बोलने जितनी या उससे ज्यादा ऊर्जा लगती है। इस तरह से सुनने के लिए श्रोता को कई चीजें करनी होती हैं। उसे संदेश को सुनना होता है, अर्थ समझना होता है और फिर फीडबैक देकर अर्थ की पुष्टि करनी होती है। सक्रियता से सुननेवाले श्रोता के कुछ गुण ये हैं :

वह दूसरों के अधूरे वाक्य को पूरा नहीं करता है।

वह सवालों के जवाब में पलटकर सवाल नहीं पूछता है।

वह अपने पूर्वाग्रह के बारे में जागरूक होता है। हम सभी में पूर्वाग्रह होते हैं ... हमें उन पर नियंत्रण करने की जरूरत होती है।

किसी के बोलते वक्त वह कभी दिवास्वप्न नहीं देखता है या अपने ही विचारों में खोया नहीं रहता है।

वह दूसरों को बोलने देता है।

वह बातचीत पर एकाधिकार नहीं करता है।

सामनेवाले के बोलते समय नहीं, बल्कि उसकी बात पूरी होने पर ही वह अपनी प्रतिक्रिया की योजना बनाता है।

सामनेवाले की बातचीत को आगे बढ़ाता है... अपनी दिलचस्पी के विषय पर बात शुरू नहीं करता है।''

कर्मांत ने कहा, ''हाँ। मेरे हिसाब से यही वह खोई हुई कड़ी है, जिन्न। यही नयन और मेरे साथ अधिकतर होता था। हम एक दूसरे को मौका दिए बिना खुद ही बोलते रहते थे। इस वजह से मैंने बहुत सी सुखद चर्चाओं को तबाह कर दिया, जो हममें हो सकती थीं।

''जिन्न, यह बताओ कि हम परिवार या घर की इन समस्याओं को दूर कैसे कर सकते हैं?''

जिन्न ने कहा, ''नीचे दी गई तकनीकों से व्यक्तिगत संघर्ष सुलझाने में मदद मिल सकती है।

समस्या को पहचानें। समस्या के दोनों पहलुओं को समझने के लिए बातचीत करें। इस शुरुआती अवस्था का लक्ष्य है, अपने दिल की बात कहना और सामनेवाले के दिल की बात सुनना। सहमति के बिंदुओं को पहचानें। उन विचारों को भी पहचानें, जिनसे असहमति उत्पन्न हुई है। सामनेवाला की बात को सक्रियता से सुनना महत्त्वपूर्ण है। ''मैं'' वाले वाक्यों का इस्तेमाल करें और सामनेवाले को दोष न दें।

कई संभावित समाधान सोचें। यह विचारमंथन का दौर है। आपसी सहमति के बिंदुओं और साझे लक्ष्यों को देखते हुए आप समस्या सुलझाने के जितने भी उपाय

सोच सकते हो, उन सभी की सूची बनाएँ। इस वक्त इस तरफ ध्यान न दें कि वे कितने व्यावहारिक हैं। इस दौर में समाधान की गुणवत्ता के बजाय ज्यादा से ज्यादा संख्या में समाधान खोजने का लक्ष्य बनाएँ और अपनी रचनात्मकता से मार्गदर्शन लें।

वैकल्पिक समाधानों का मूल्यांकन करें। अब समस्या के वैकल्पिक समाधानों की सूची में लिखे हर समाधान पर विचार करें। बचे हुए समाधानों के सकारात्मक और नकारात्मक पहलुओं पर गौर करें, जब तक कि अंत में समस्या को हल करने के सबसे अच्छे एक-दो तरीके न बचें। इस दौर में हर व्यक्ति का ईमानदार रहना महत्त्वपूर्ण है। ये समाधान हर एक के लिए आदर्श नहीं हो सकते। यह भी संभव है कि किसी पक्ष को या दोनों ही पक्षों को थोड़ा-बहुत समझौता करना पड़े।

सर्वश्रेष्ठ समाधान चुनें। वह समाधान चुनें, जो दोनों को स्वीकार हो, भले ही वह किसी भी पक्ष के लिए आदर्श न हो। अगर यह न्यायोचित हो और इस निर्णय पर काम करने की आपसी सहमति हो, तो संघर्ष के सुलझने की अच्छी संभावना है।

समाधान पर अमल करें। विस्तृत विवरणों पर सहमति होना महत्त्वपूर्ण है। यह तय करें कि हर पक्ष को क्या करना होगा, अनुबंध के विभिन्न हिस्सों पर अमल करने की जिम्मेदारी किसकी है और अगर अनुबंध टूटने लगता है, तब क्या किया जाएगा।

समाधान का मूल्यांकन जारी रखें। संघर्ष के समाधानों को प्रगतिशील मानें। सामनेवाले से समय-समय पर पूछते रहें कि चीजें कैसी चल रही हैं। वरना कोई अप्रत्याशित चीज आ सकती है या समस्या के किसी पहलू को नजरअंदाज किया जा सकता है। आपके निर्णय ऐसे होने चाहिए, जिन पर पुनरावलोकन किया जा सके। साथ ही उन पर आपसी सहमति भी होनी चाहिए।''

कर्मांत ने कहा, ''हाँ, जिन्न। तुमने मुझे संवाद की वाकई बेहतरीन तकनीकें बताई हैं। संबंध हर व्यक्ति के विकास के लिए महत्त्वपूर्ण होते हैं। जिन्न, सही लालन-पालन के बारे में कुछ बताएँ। क्या इसे सफलता से किया जा सकता है?''

जिन्न ने कहा, ''सही किस्म का संवाद सही लालन-पालन की बुनियाद है।

''सकारात्मक शब्द आपकी सेहत और हौसला बढ़ाते हैं। इसलिए हमेशा अपने बच्चों के साथ बातचीत करते वक्त प्रेरक और आशावादी शब्दों का इस्तेमाल करें।

''मैं आपको एक कहानी सुनाता हूँ। एक दिन जंगल के सभी जानवर एक

साथ बैठकर अपनी संतानों के बारे में बातचीत कर रहे थे। लोमड़ी ने कहा कि उसकी दो संतानें हैं और हाथी ने बताया कि उसके तीन बच्चे हैं। भालू बोला कि उसके चार बच्चे हैं। हर एक अपने बच्चों के बारे में बातचीत करने लगा। जब शेरनी से पूछा गया, 'आपके कितने बच्चे हैं?' तो वह गर्व से बोली, 'सिर्फ एक। एक है मगर शेर है!' क्या हमने इस तरह से कभी सोचा है? हम अपने बच्चों को क्या बनाना चाहते हैं? बहुत सारे माता-पिता अपने बच्चों को स्वामी विवेकानंद, बिल गेट्स, राजीव गाँधी या शिवाजी जैसा बनाना चाहते हैं।

"अगर आप अपने बच्चे को शिवाजी बनाना चाहती हैं, तो आपको जीजामाता बनना होगा (शिवाजी की सफलता का श्रेय उनकी माँ को दिया जाता है)। शिवाजी को पालने से पहले आपको अपने भीतर जीजामाता के गुण उतारने होंगे। पहले आपको शेरनी के गुण अपनाने होंगे, तभी आपका बच्चा शेर बनेगा।

"अगर माता-पिता बच्चे से अपनी उम्मीदें पूरी कराना चाहते हैं, तो उन्हें पहले सोचना चाहिए कि क्या वे बच्चे को उसकी जरूरत की सारी चीजें दे रहे हैं? क्या वे बच्चे को विकास के लिए सही माहौल दे रहे हैं और उन सपनों को पल्लवित होने का अवसर दे रहे हैं, जो आपने उसके लिए देखे हैं?

"पहला महत्त्वपूर्ण सवाल है, 'क्या हम अपने बच्चों के साथ संवाद करते हैं?' संवाद का मतलब उनसे बातचीत करना नहीं है। इसका मतलब विचारों का आदान-प्रदान करना, सही वक्त पर उनकी तारीफ करना, उन्हें उचित दंड देना या उनकी गलतियों के लिए उन्हें क्षमा करना भी है। उन्हें क्षमा करने का मतलब गलतियों को भूलना नहीं है। क्षमा करना तो उन्हें उनकी गलतियों के बारे में जागरूक बनाना है, उन्हें सुझाव देना है और मार्गदर्शन देना है, ताकि वे वही गलतियाँ दोबारा न करें।

"मिसाल के तौर पर, अगर बच्चा कोई गमला तोड़ देता है, तो हम उससे इस तरह की बात करते हैं, 'तुमने गमला क्यों तोड़ा? तुम कब बड़े होओगे? तुम सुनते क्यों नहीं हो?' अब बच्चे को इस क्यों का जवाब देना होता है। क्या बच्चा सचमुच गमला तोड़ना चाहता था? मान लें, इस बात के लिए उसकी पिटाई की जाती है, तो वह इस क्यों के जवाब में कोई झूठ बोल देगा या झूठी कहानी गढ़ देगा। वह कहेगा, उसने मुझे धक्का दिया और मैं गमले पर गिर गया या गमला पहले से ही टेबल के कोने पर रखा हुआ था! इस तरह के सवाल-जवाब बच्चे को सजा या पिटाई से बचने के लिए झूठे बहाने बनाना सिखाते हैं। इस वजह से उसमें बड़ी आसानी से झूठ बोलने और दूसरों को दोष देने की आदत पड़ सकती है। दूसरों को

दोष देने की इस प्रवृत्ति को दोषारोपण की प्रवृत्ति कहा जाता है, जो उसके स्वभाव में गहरी जड़ें जमा लेती है।

"बहरहाल, सच तो यह है कि बच्चों को गलतियाँ करने का हक है। लेकिन हमारा ध्यान उनकी गलतियों पर केंद्रित नहीं होना चाहिए। हमें उन्हें बार-बार उनकी पुरानी गलतियों की याद नहीं दिलानी चाहिए। कुछ लोग अपने बच्चे को बार-बार इस तरह की बातें कहकर डाँटते हैं, 'कल तुमने एक काँच तोड़ दिया। आज तुम क्या तोड़नेवाले हो?' वे अपने मेहमानों को भी बताते हैं, 'हमारा बेटा बड़ा शैतान है। उसने पड़ोसियों के बहुत से काँच तोड़ डाले हैं।'

"माता-पिता ज्यादातर वक्त अपने बच्चे की गलत छवि पेश करते हैं आपका ध्यान कहाँ केंद्रित है? आप उसकी गलतियों पर जितना ज्यादा ध्यान केंद्रित करेंगे, वह उतनी ही ज्यादा गलतियाँ करेगा। बहरहाल, क्या आप उसके अच्छे कामों पर ध्यान केंद्रित करते हैं? जब बच्चे को टेस्ट में अच्छा ग्रेड मिले, तो कहें, 'मेरा बेटा कितना चतुर है! वह सचमुच मेहनत से पढ़ता है, इसीलिए उसे अच्छा ग्रेड मिला! अगर वह थोड़ी और मेहनत करे, तो क्लास में अव्वल आ सकता है।'

"अगर बच्चा किसी रेस में जीत जाता है, तो यह कहकर उसकी प्रशंसा करें और प्रोत्साहन दें, 'तुम कितना बढ़िया दौड़े! बड़े होकर तुम यकीनन अच्छे एथलीट बनोगे।'

"बच्चे की गलतियों पर उसे कभी न डाँटें। इसके बजाय पूछें, 'इस गलती से तुमने क्या सीखा?' जब माँ-बाप सही शब्दों में गलती की ओर इशारा करते हैं, तो बच्चा यकीनन अपनी गलतियों से सीख लेगा। अपने बच्चे के साथ सही शब्दों का इस्तेमाल करने से उसके विकास और कल्याण पर अच्छा असर होता है।

"मिसाल के तौर पर, अगर बच्चा चिल्ला रहा है और जोर-जोर से बातें कर रहा है, तो उसका पिता उस पर चिल्लाता है, 'तुम क्यों चिल्ला रहे हो? तुमने मेरी नींद खराब कर दी।' अब बच्चा सोचने लगता है, 'अगर मैं चिल्ला रहा हूँ, तो पिताजी क्या कर रहे हैं? वे भी तो मुझ पर चिल्ला रहे हैं।'

"हमें अपने बच्चे के साथ सही शब्दों का इस्तेमाल करने के बारे में बहुत सावधान रहना चाहिए। 'चिल्लाओ मत' कहने के बजाय हम यह कह सकते हैं, 'धीरे बोलो।' 'दरवाजा मत भड़भड़ाओ' कहने के बजाय हम कह सकते हैं, 'दरवाजा धीरे से बंद करो।'

"सकारात्मक शब्दों के इस्तेमाल से वह नकारात्मक शब्दों से दूर हो जाएगा। अगर आप अपने बच्चे को ज्यादा आत्मविश्वासी और सफल बनाना चाहते हैं, तो डराने-धमकाने के बजाय सकारात्मक शब्दों से उसका आत्मविश्वास बढ़ाना जरूरी होता है। हर बच्चे को अपनी नकारात्मक भावनाएँ जाहिर करने का हक होता है। मिसाल के तौर पर, अगर कोई बच्चा किसी चीज के लिए रो रहा है, तो जब तक उसे वह चीज नहीं मिल जाती, वह उसके लिए मचलेगा, उसे माँगेगा और अपना गुस्सा जाहिर करेगा। उस पर चिल्लाने के बजाय उससे पूछें कि वह क्या चाहता है और मामला क्या है। इन सवालों से वह अपनी बात व्यक्त करने में समर्थ होगा और खुलकर बता देगा कि वह कैसा महसूस करता है। उसे रोको मत। उसे चुप होने को मत कहो। वरना एक दिन उसका क्रोध किसी बम की तरह विस्फोट कर देगा और वह चीजों को तोड़ने-फोड़ने लगेगा। वह खुद में तोड़-फोड़ की प्रवृत्ति विकसित कर लेगा।

"उसे विचार व्यक्त करने का पर्याप्त समय दें। समझें कि वह क्या बताने की कोशिश कर रहा है। फिर उसके अनुरूप व्यवहार करें। अगर हम अपने बच्चे का सहयोग चाहते हैं, तो उसके साथ हमारा संवाद कैसा होना चाहिए? उसके साथ हमें कैसे बातचीत करनी चाहिए? हमारे सवाल कैसे होने चाहिए? हमारी प्रतिक्रिया कैसी होनी चाहिए? क्या हमारे जवाब उचित हैं?

"बच्चे हमेशा सहयोग करते हैं, जब उनसे सही अंदाज में बात की जाती है, जब उनके साथ प्रवाहपूर्ण और सही संवाद किया जाता है। मिसाल के तौर पर, पिता अपने बच्चे से कहता है, 'जाकर पानी लाओ।' पिता ने यह किस अंदाज में कहा? आदेश दिया या प्रेमपूर्ण अंदाज में कहा? प्रेमपूर्ण ढंग से बोलने पर जब बच्चा पानी लाता है, तो पिता कहता है, 'कितने अच्छे लड़के हो!' कुछ समय बाद खेलते वक्त बच्चा कप तोड़ देता है। पिता उस पर चिल्लाता है, 'गधे कहीं के! तुम कभी कोई चीज ठीक से नहीं कर सकते!' बच्चा दुविधा में पड़ जाता है और अपने पिता के दोनों परस्पर विरोधी कथनों के बारे में हैरान होने लगता है। वह सोचता है कि अगर कुछ समय पहले मैं अच्छा लड़का था, तो अब बुरा कैसे बन गया? बच्चा बहुत छोटा है। वह उन दो बातों को नहीं समझ पाता, जो उससे अलग-अलग कही गईं। उससे बस एक गलती ही तो हुई थी। तो उससे क्या? क्या उसने ऐसा जान-बूझकर किया था? लेकिन माता-पिता मानते हैं कि यह जान-बूझकर किया गया था। कम से कम उनके शब्दों से तो यही जाहिर होता है। गलत तरह से चुने

गए शब्द गलत संवाद का रूप ले लेते हैं, जो आगे चलकर बच्चे के विकास को बहुत नुकसान पहुँचाते हैं।

"इसी तरह, अगर कोई बच्चा परीक्षा में फेल हो जाता है, तो उससे कभी न कहें, 'तुम फेल हो गए।' इसके बजाय कहें, 'तुम असफल नहीं हुए हो। बस तुम्हें फलाँ विषय में कामयाबी नहीं मिली है। आगे चलकर तुम इस विषय में भी कामयाब हो जाओगे।' इन शब्दों से बच्चे को निराशा से उबरने में मदद मिलेगी।"

जिन्न ने आगे कहना जारी रखा, "तो सफल लालन-पालन का रहस्य बड़ा ही सरल है : अपने बच्चे के साथ संवाद बेहतर बनाना और उसके लिए उपलब्ध रहना। समझें कि आपका बच्चा कैसे सीखता है। अपने बच्चे के साथ सार्थक बातचीत करना तेजसंसारी या तेजस्वी माता-पिता का परम लक्ष्य है...

मैं आपको रेत में एक तालिका दिखाता हूँ। इसे पढ़ें।"

गलत संवाद	**सही संवाद**
चिल्लाना और नाराज होना बंद करो। तुम्हारे गुस्से के लटके-झटके मेरे साथ काम नहीं करेंगे।	तुम्हें गुस्सा होने की जरूरत नहीं है। बगैर गुस्सा हुए तुम्हें अपनी मनचाही चीज मिल सकती है।
तुम असफल हो गए हो।	तुम असफल नहीं हुए हो, बस तुम्हें अब तक सफलता नहीं मिली।
तुम निकम्मे हो। तुम कुछ नहीं कर सकते। मूर्ख कहीं के।	तुम्हारी असफलता के बावजूद तुम्हारे लिए हमारा प्रेम कभी कम नहीं होगा।
तुम गलत हो।	यह तुम्हारी वह गलती है जिसे तुम आसानी से सुधार सकते हो।
डैडी, क्या मैं यह करूँ? जवाब - नहीं।	डैडी, क्या मैं यह कर लूँ? जवाब - बिलकुल। लेकिन मुझे लगता है कि तुम्हें यह इस तरह करना चाहिए...।
चिल्लाओ मत।	धीरे बोलो।
दरवाजा मत भड़भड़ाओ।	दरवाजा धीरे से बंद करो।
चुप रहो। कुछ मत कहो!	''क्या चाहते हो?'' या ''मैं कुछ देर मौन में रहना चाहता हूँ।''

हर तरह की नौकरी में खुश कैसे रहें 95

कर्मांत ने कहा, "जिन्न, यह सचमुच मेरे लिए महत्त्वपूर्ण सबक था। मैं अपने छोटे राजू का अच्छा पिता बनूँगा। मैं कभी उसके साथ बुरा बर्ताव नहीं करूँगा और नकारात्मक अंदाज में बातचीत नहीं करूँगा। धन्यवाद, जिन्न।"

जिन्न ने कहा, "आपका स्वागत है। आपका कल का दिन अच्छा गुजरे। बस समीक्षा अच्छे से करना।"

"सुनो, जिन्न। तुम्हें यह कैसे पता?"

"आप भूल रहे हैं, मेरे दोस्त। मैं जिन्न हूँ!" जिन्न ने जोर से हँसते हुए कहा।

"कल के लिए मुझे कुछ सलाह देना चाहोगे?"

"प्रभावित मत करो, बस व्यक्त करो। यह मंत्र याद रखना," जिन्न ने कहा और अपने चिराग में चला गया।

कर्मांत घर लौटा। उसने सितारों पर नजर डाली। आज उसका दिन चमकदार था। उसने ऊपर देखा और जोर से पूछा, "क्या तुम मेरी आवाज सुन सकते हो? ओह... मैं जानता हूँ कि नहीं सुन सकते। लेकिन मैं तुम्हें आज बताना चाहता हूँ कि तुम मेरे लिए खास हो और तुम्हारी चमक भी। तुमने मेरे दिन को रोशन कर दिया। तुम्हें धन्यवाद।"

कर्मांत प्रेम से उनकी ओर देखकर मुस्कराया और अपने बिस्तर में घुस गया। उसने आज कई बार सितारों की चमक देखी थी... कॉफी कप में... राजू की आँखों में... नयन के आँसुओं में... सितारों, तुम्हें धन्यवाद...

छब्बीस

सुबह की मीटिंग में कर्मांत कमेटी और बोर्ड के सामने बैठा। आज उसके लिए महत्त्वपूर्ण दिन था। उसकी समीक्षा की खबर में जंगल की आग जितनी तेजी से पूरी कंपनी में फैल गई। कुछ कर्मचारी उसे इसका हकदार मानते थे, जबकि कुछ इसका विपरीत सोचते थे।

कंपनी के चेयरमैन ने शुरू करते हुए कहा, ''मि. कर्मांत, जैसा आप जानते हैं, आपके हाल के प्रदर्शन को देखते हुए हमने आज आपकी समीक्षा के लिए यह मीटिंग बुलाई है। आपके नए मैनेजर और मि. पीटर ने आपके पुराने पद पर आपको तरक्की देने की अनुशंसा की है। आपको क्या लगता है, आपका प्रमोशन कर दिया जाना चाहिए?''

''हाँ सर।''

''क्या आप सोचते हैं कि अगर आपको अपना पुराना पद वापस मिल जाए, तो आप इस प्रमोशन को तर्कसंगत बना सकते हैं?''

''हाँ सर।''

''ठीक है। क्या आप सोचते हैं कि आप उस पद और उसके काम के साथ न्याय कर सकते हैं? क्या आपको एहसास है कि उस पद पर पहुँचने के बाद कंपनी की छवि आपके हाथ में होगी?''

''हाँ सर, मुझे एहसास है।''

''अतीत में आपका संवाद काफी बुरा रहा है। आपने ग्राहकों से बदतमीजी की और उनके साथ जबरन की बहस में उलझे। आप अपनी टीम के साथ घमंडी व्यवहार करते थे और उनसे बेहतर प्रदर्शन करवाने के लिए गलत तरीके से दबाव डालते थे। क्या आप इन सभी बातों से सहमत हैं?''

''हाँ सर।''

''आपको अपने स्वभाव के बारे में और कुछ कहना है?''

कर्मांत ने कहा, ''अतीत में मैंने जो किया है, उसके लिए मुझे अफसोस है।'' उसकी रग-रग में तनाव बढ़ रहा था।

''आपको ऐसा क्यों लगता है कि आप बेहतर प्रदर्शन कर सकते हैं और

अपनी पुरानी गलतियाँ सुधार सकते हैं? वैसे आपने ग्राहक को राजी करके यह साबित कर दिया है कि आप बदल चुके हैं। लेकिन यकीनन इस बदलाव के जारी रहने की जरूरत है। आपको यह क्यों लगता है कि आप प्रमोशन और पुराने पद को पाने के लिए तैयार हैं?"

"मैं बहुत बदल गया हूँ। मैं अब अच्छी तरह से बातचीत करता हूँ और मैंने सही संवाद की तकनीकें भी सीख ली हैं। मि. केविन के साथ हुई मीटिंग में मैंने ही तो..." वह अचानक रुक गया। उसे अचानक "प्रभावित मत करो, बस व्यक्त करो" का मंत्र याद आ गया। उसने आगे कहा।

"कल मि. केविन के साथ मीटिंग में मैं भी था, क्योंकि मेरे नए मैनेजर और मि. पीटर ने मुझ पर भरोसा किया। मैं सचमुच उनका आभारी हूँ। मुझे एहसास है कि मैंने कई गलतियाँ की हैं और मेरा नजरिया सही नहीं था। मैं कभी भी 'सौहार्द्रपूर्ण और धैर्य' का मतलब नहीं समझ पाया। डिमोशन के कारण आज मैं चीजों को ज्यादा करीब से महसूस करता हूँ। और सबसे अच्छी बात यह है कि मैं नए सबकों को जारी रखने के लिए संकल्पवान हूँ, जो मैंने इस कंपनी की सेवा करते हुए सीखे हैं।

"आप सबसे मेरा आग्रह है कि आप मुझे एक मौका दें और इस बार मुझ पर भरोसा करें। मैं इस संगठन के लिए खुद को सही और मूल्यवान साबित कर सकता हूँ।"

वहाँ मौजूद हर व्यक्ति उसकी बातों से प्रभावित हुआ। वे उसकी विनम्रता और उसके शब्दों की ईमानदारी से प्रभावित थे।

"ठीक है, मि. कर्मांत। हम आपको एक मौका देते हैं और आपके पुराने पद पर वापस पहुँचा देते हैं। जैसा पीटर ने जिक्र किया है, तीन महीने बाद आपके प्रदर्शन की समीक्षा होगी, जिसमें यह फैसला किया जाएगा कि क्या आपको प्रशिक्षण विभाग की अतिरिक्त जिम्मेदारी दी जाए। हम चाहेंगे कि हमारे सभी कर्मचारी आपके ज्ञान का लाभ लें और ऑफिस में बेहतर बनें।"

"आपको बहुत-बहुत धन्यवाद। मैं इस अवसर के लिए आप सभी को सचमुच धन्यवाद देता हूँ। बस एक चीज है, सर, जिसके लिए मुझे आपकी और मि. पीटर की अनुमति चाहिए।"

"हाँ हाँ! कहिए।"

''डिमोशन के कारण मैं और मेरे परिवारवाले काफी तनाव में रहे। मेरा एक छोटा बच्चा है राजू। मैं उसके या अपनी पत्नी के साथ अच्छा समय नहीं गुजार पाया। अगर आप लोग इजाजत दें, तो मैं उनके साथ ५ दिनों की वैकेशन पर जाना चाहता हूँ... बशर्ते ऑफिस में कोई महत्त्वपूर्ण काम न हो...''

पीटर बीच में बोल पड़े, ''जरूर जाओ। हम एक हफ्ते तक सब कुछ सँभाल लेंगे।''

''बहुत बढ़िया। अगर पीटर कहते हैं, तो अपने वैकेशन का आनंद लें। मेरी सलाह मानो तो स्विट्ज़रलैंड आदर्श जगह है। वहाँ हमारी कंपनी का बँगला भी है। वहाँ आपके ठहरने की व्यवस्था हो सकती है।''

''धन्यवाद... बहुत-बहुत धन्यवाद सर। आपको धन्यवाद... मैं नहीं जानता कि किस तरह आपका शुक्रिया अदा करूँ, लेकिन मैं आपके सहयोग के लिए आपका आभारी हूँ।''

''ठीक है, सज्जनो। हम अपनी समीक्षा यहीं खत्म करते हैं और कर्मांत, आपकी कोशिशों के लिए बधाई। हमारी शुभकामनाएँ आपके साथ हैं।''

हर एक ने उसे बधाई दी और अच्छे वैकेशन के लिए शुभकामनाएँ दीं। कर्मांत मुस्कराए जा रहा था। उसने फटाफट हेल्प डेस्क से अपने वैकेशन की व्यवस्था करने का आग्रह किया।

वह जल्दी घर भागा और नयन को वैकेशन के बारे में बताया। नयन की खुशी का पारावार नहीं था और छोटा राजू हमेशा की तरह घूमने-फिरने के बारे में रोमांचित था।

सत्ताइस

हर चीज सही हो गई थी। सभी सबक सीख लिए गए थे। डिमोशन वरदान साबित हुआ था। इससे उसे अपनी जिंदगी का उत्साह दोबारा मिल गया।

जिन्न ने पूछा, ''तो मालिक! क्या अब आप जिंदगी का सामना करने के लिए तैयार हैं?''

''हाँ, जिन्न। मैं सचमुच खुश हूँ कि यह सब हुआ। मैं तुम्हें धन्यवाद देता हूँ,

जो तुमने मेरा कायाकल्प कर दिया, मुझे पूरी तरह बदल दिया। तुमने मेरी जिंदगी की सबसे मुश्किल राह को पार करने में मेरी मदद की। मैं तुम्हारे अनमोल सिद्धांतों पर अमल करूँगा और जिंदगीभर दूसरों को सिखाने की कोशिश करूँगा। धन्यवाद जिन्न,'' कर्मांत ने अपनी आँखों में चमक के साथ कहा।

"आप अच्छे दोस्त हैं। इंसानी दोस्त! हमारा काम लोगों के जीवन को एक अलग अंदाज में स्पर्श करना है। मुझे खुशी है कि आपने अपने सबक गंभीरता से लिए और मैं आपकी बेहतरी की कामना करता हूँ। मेरे दोस्त, अब बस दो अंतिम सबक सीखने बाकी हैं।"

"वे क्या हैं, जिन्न?"

"पहला है अव्यक्तिगत कार्य करने की कला और दूसरा है सबसे ऊँचा और दैवी संवाद है।"

"यह क्या है? कृपया मुझे बताएँ।"

"अंतिम दो सबकों में से पहले सबक पर बात करते हैं। यदि आपको ईश्वर की नौकरी करने का मौका मिले तो क्या आप करेंगे?"

"अरे वाह! क्यों नहीं जिन्न... मैं जरूर करूँगा।" कर्मांत ने हर्षित होकर कहा।

"तो मैं आपको ईश्वर की नौकरी करने का तरीका सिखा सकता हूँ।"

"जल्दी सिखाओ जिन्न। मैं बेताब हूँ।"

"उसके लिए पहले मैं आपसे कुछ जानना चाहूँगा। क्या आप मुझे बता सकते हैं कि आपके जीवन का लक्ष्य क्या है– आपका व्यक्तिगत लक्ष्य?"

कर्मांत कुछ बोलता उससे पहले जिन्न से उससे एक और सवाल पूछा,

'आपका संगठनात्मक लक्ष्य क्या है यानी वह लक्ष्य, जिसे आपका संगठन हासिल करना चाहता है? इस बारे में भी सोचें।"

"मैं अपनी कंपनी में सीनियर ऑपरेशन मैनेजर हूँ और मेरा लक्ष्य है कि मैं जल्द ही इसी कंपनी का एम. डी. बनूँ।"

"यह हुआ आपका व्यक्तिगत लक्ष्य। ठीक है! अब आप अपने लक्ष्य के तीन हिस्से बनाएँ – मैं हूँ (पहला हिस्सा) जो है (दूसरा हिस्सा) ताकि (तीसरा हिस्सा)।"

"पहले हिस्से का जवाब वह है, जो आप बनना चाहते हैं यानी आपकी भूमिका। 'मैं ऐसा करूँगा' के बजाय 'मैं ऐसा हूँ' लिखना बेहतर है ताकि आपके मन में आपके जीवन का दृष्टि लक्ष्य आ जाए। दूसरे हिस्से का जवाब यह है कि आप जो कर रहे हैं, वह कैसे कर रहे होंगे। तीसरे हिस्से का जवाब वह प्रभाव है, जो आपका दूसरों पर पड़ता है, दुनिया में रहनेवाले सभी लोगों पर।"

"क्या तुम मुझे कोई उदाहरण दे सकते हो?"

"हाँ! जैसे कोई कारपेंटर है तो वह कहेगा कि मैं एक कारपेंटर हूँ, जो दुनिया का सबसे अच्छा कारपेंटर है ताकि लोग आसानी से सुविधा पाकर चेतना के सर्वोच्च स्तर का अनुभव कर सकें। कोई कंपनी का सी.ई.ओ है तो वह कहेगा कि मैं एक सी.ई.ओ. हूँ, जो सबसे बड़ी आई.टी. कंपनियों में से एक को सफलतापूर्वक चलाता है ताकि संसार नवाचार का अनुभव कर सके और प्रौद्योगिकी विकास द्वारा बेहतर बन सके।

उपरोक्त उदाहरण के तीसरे हिस्से को कहा गया है 'अव्यक्तिगत दृष्टिलक्ष्य"। व्यक्तिगत इच्छा संघर्ष की ओर ले जाती है। अवैयक्तिक 'दृष्टि लक्ष्य' शांति की ओर ले जाता है।"

जिन्न ने आगे पूछा, "अच्छा अब यह बताएँ कि ऊपर दिए उदाहरणों में आपके लिए कौन सा हिस्सा सबसे ज्यादा महत्त्वपूर्ण है?"

"अब तक की समझ के अनुसार मेरे लिए पहला और दूसरा हिस्सा महत्त्वपूर्ण है।"

"अगर आपके लिए पहला हिस्सा सबसे ज्यादा महत्त्वपूर्ण है तो इसका मतलब है कि आपका दृष्टि लक्ष्य स्पष्ट है। अगर दूसरा हिस्सा आपके लिए सबसे ज्यादा महत्त्वपूर्ण है तो इसका मतलब है कि आपका अभियान स्पष्ट है। अगर तीसरा हिस्सा आपके लिए सबसे ज्यादा महत्त्वपूर्ण है तो इसका मतलब है कि आपके पास अव्यक्तिगत दृष्टिलक्ष्य भी है और अव्यक्तिगत अभियान भी। यह अच्छा है कि आपके लिए केवल पहला हिस्सा महत्त्वपूर्ण नहीं है। क्योंकि कई लोग पहले हिस्से पर ही रुक जाते हैं। वे कहते हैं, 'मैं डॉक्टर बनूँगा।' बस यहीं उनकी बात खत्म हो जाती है। कुछ लोग इससे ज्यादा की इच्छा करते हैं और कहते हैं कि वे सबसे अच्छे डॉक्टर बनेंगे। लेकिन सच्चा लीडर वह है, जो पूरी स्पष्टता से जानता है कि उसकी भूमिका का मानव जाति पर कैसा असर होगा।"

जिन्न की बात पर गौर करते हुए कर्मांत ने कहा, ''इसका अर्थ मेरा दृष्टिलक्ष्य कुछ इस तरह हो सकता है कि 'मैं एक एम. डी. हूँ, जो सबसे बड़ी आई.टी. कंपनियों में से एक को सफलतापूर्वक चलाता है ताकि संसार नवाचार का अनुभव कर सके और प्रौद्योगिकी विकास द्वारा बेहतर बन सके।'''

''बिलकुल सही। परंतु ध्यान रहे कि आप वही बनेंगे, जिस पर आपका ध्यान केंद्रित होगा। अगर आपके ध्यान का केंद्र, वाक्य के पहले हिस्से (मैं हूँ) पर है तो आप सिर्फ एक एम.डी. बनेंगे। इससे आप केवल अपना व्यक्तिगत लक्ष्य पूरा कर पाएँगे। अगर आपके ध्यान का केंद्र, वाक्य के दूसरे हिस्से पर है (जो है) तो संभवतः अंत में आप किसी बड़ी आई.टी. मल्टीनेशनल कंपनी में प्रमुख भूमिका निभाने लगेंगे। इस तरह आपने एक बड़ी आई.टी. मल्टीनेशनल कंपनी को सफलतापूर्वक चलाने का अपना अभियान पूरा कर लिया। यह सिर्फ एम.डी. बनने की इच्छा रखने से कहीं बेहतर है। यहाँ आपके ध्यान का केंद्र व्यक्तिगत दृष्टि लक्ष्य और अभियान पर है- आप क्या बनेंगे और आप वह काम कैसे करेंगे।

लेकिन कुंजी है तीसरे हिस्से पर ध्यान केंद्रित करना। सभी महान लीडर्स महान इसलिए हैं क्योंकि वे तीसरे पर अपना ध्यान केंद्रित करते हैं। अगर आपका ध्यान सचमुच तीसरे हिस्से (ताकि) पर केंद्रित है तो आपका दृष्टि लक्ष्य अव्यक्तिगत है। हम जिस उदाहरण की चर्चा कर रहे हैं, उसमें अगर आपके ध्यान का केंद्र इस पर है कि संसार प्रौद्योगिकी विकास द्वारा नवाचार (नवनिर्माण) का अनुभव कैसे करेगा और बेहतर कैसे बनेगा तो आप इस दृष्टि लक्ष्य को साकार करने और लोगों पर इसके व्यापक प्रभाव को साकार करने के लिए हरसंभव कोशिश करेंगे, पूरी-पूरी कोशिश करेंगे। अगर आपके ध्यान का केंद्र सचमुच तीसरे हिस्से पर है तो आपको इससे कोई फर्क नहीं पड़ेगा कि आप एम.डी. हैं या किसी दूसरी भूमिका में रहकर किसी बड़ी मल्टीनेशनल कंपनी को सफलता से चला रहे हैं। आपको फर्क सिर्फ इससे पड़ेगा कि क्या आप आई.टी. में नवाचार कर रहे हैं और दुनिया को बेहतर बना रहे हैं। ऐसी स्थिति में पद और विधियाँ तो लक्ष्य हासिल करने का सिर्फ साधन बन जाती हैं।''

''तुम्हारे कहने का अर्थ है कि अगर मेरा ध्यान मेरे लक्ष्य के तीसरे हिस्से पर है तो वह अव्यक्तिगत दृष्टिलक्ष्य है।''

''आपने सही समझा।''

"परंतु मेरी समझ में यह नहीं आ रहा कि व्यक्तिगत लक्ष्य रखने से और अव्यक्तिगत दृष्टिलक्ष्य रखने से क्या फर्क पड़ जाएगा?"

"इससे आपके अपने कार्य के प्रति दृष्टिकोण बदल जाएगा। इस उच्च दृष्टिकोण से जब आप काम करेंगे तो आपको एक अनोखा रोमांच महसूस होगा। जिसका अनुभव आपने पहले कभी नहीं किया होगा।"

"यह कैसे संभव है जिन्न?"

"मैं आपको एक कहानी सुनाता हूँ...

एक राजा बहुत दिनों से विचार कर रहा था कि वह अपना राजपाट छोड़कर अध्यात्म में समय लगाए। उसने इस बारे में बहुत सोचा और फिर अपने गुरु से मार्गदर्शन लेने के लिए गया। राजा ने गुरु को अपनी समस्याएँ बताते हुए कहा कि उसे अपने राज्य का कोई योग्य वारिस नहीं मिल पाया है। राजा का बच्चा छोटा है, इसलिए वह अभी राजा बनने के योग्य नहीं है। जब भी उसे कोई पात्र व्यक्ति मिलेगा, जिसमें राज्य सँभालने के सारे गुण हों, तो वह राजपाट छोडकर शेष जीवन अध्यात्म के लिए समर्पित कर देगा।

गुरु ने कहा, 'राज्य की बागड़ोर मेरे हाथों में क्यों नहीं दे देते? क्या तुम्हें मुझसे ज्यादा पात्र, ज्यादा सक्षम कोई व्यक्ति मिल सकता है?'

राजा ने कहा, 'मेरे राज्य को आप से अच्छी तरह भला कौन सँभाल सकता है? लीजिए, मैं इसी समय से राज्य की बागड़ोर आपके हाथों में सौंप देता हूँ।'

गुरु ने पूछा, 'अब तुम क्या करोगे?'

राजा बोला, 'मैं राज्य के खजाने से थोड़े पैसा ले लूँगा, जिससे मेरा बाकी जीवन चल जाए।'

गुरु ने कहा, 'मगर अब खजाना तो मेरा है, मैं तुम्हें एक पैसा भी नहीं लेने दूँगा।'

राजा बोला, 'फिर ठीक है, मैं कहीं कोई छोटी-मोटी नौकरी कर लूँगा, उससे जो भी मिलेगा गुजारा कर लूँगा।'

गुरु ने कहा, 'अगर तुम्हें काम ही करना है तो मेरे यहाँ एक नौकरी खाली है। क्या तुम मेरे यहाँ नौकरी करना चाहोगे?'

राजा बोला, 'कोई भी नौकरी हो, मैं करने को तैयार हूँ।'

गुरु ने कहा, 'मेरे यहाँ राजा की नौकरी खाली है। मैं चाहता हूँ कि तुम मेरे लिए यह नौकरी करो और हर महीने राज्य के खजाने से अपनी तनख्वाह लेते रहना।'

एक वर्ष बाद गुरु ने वापस लौटकर देखा कि राजा बहुत खुश था। अब तो दोनों ही काम हो रहे थे। जिस अध्यात्म के लिए वह राजपाट छोड़ना चाहता था, वह भी मिल रहा था और राज्य सँभालने का काम भी अच्छी तरह चल रहा था। अब उसे कोई चिंता नहीं थी।

इस कहानी से समझ में आएगा कि वास्तव में क्या परिवर्तन हुआ? कुछ भी तो नहीं! राज्य वही, राजा वही, काम वही; बस दृष्टिकोण बदल गया।

"वाकई यह तो कमाल है! काम के प्रति दृष्टिकोण बदलने से कितना परिवर्तन होता है। मेरी समझ में आ गया जिन्न।"

"ईश्वर की नौकरी करने के लिए आपको उच्चतम दृष्टिकोण रखना होगा यानी अव्यक्तिगत दृष्टि लक्ष्य रखना होगा। महात्मा गांधी कभी स्वतंत्र भारत के प्रधानमंत्री नहीं बनना चाहते थे। वे तो भारत की स्वतंत्रता चाहते थे, फिर चाहे प्रधानमंत्री या राष्ट्रपति कोई भी बने। इसीलिए इन्हें महान नेता माना जाता है। लीडर्स और महान लीडर्स में फर्क यह होता है कि लीडर्स के पास दृष्टि लक्ष्य होता है, जबकि महान लीडर्स के पास अव्यक्तिगत दृष्टिलक्ष्य होता है। स्वामी विवेकानंद का दृष्टि लक्ष्य शाश्वत वेदांत का था। रामकृष्ण परमहंस मिशन का मुखिया बनना या फाउण्डेशन का विस्तार करना उनका ध्यान-केंद्र और दृष्टि लक्ष्य नहीं था।"

"वाकई इन लोगों को तो मैं भी महान लीडर मानता हूँ। इनकी महानता के पीछे का राज आज मेरी समझ में आ रहा है।"

"इन्होंने अव्यक्तिगत दृष्टिलक्ष्य रखकर ईश्वर की सच्ची नौकरी की।"

"ओह हाँ! वाकई में। इसी को तो ईश्वर की नौकरी करना कहा जा सकता है। जिन्न तुम्हारी बात मेरी समझ में आ गई।"

"इन महात्माओं ने अव्यक्तिगत दृष्टिलक्ष्य रखकर पूरी मानवजाति को प्रेरणा दी और यही कारण था कि वे महान बन पाए। उन्होंने सही मायनों में ईश्वर की सच्ची नौकरी की। यदि आपको भी ईश्वर की नौकरी करनी है तो दृष्टि लक्ष्य के

तीसरे हिस्से पर ध्यान देना होगा।''

''मैं तुम्हारी बात से पूरी तरह सहमत हूँ जिन्न। परंतु मेरे मन में एक छोटा सा प्रश्न उमड़ रहा है कि मैं अव्यक्तिगत कार्य की शुरुआत कैसे करूँ? और क्या मैं इस अव्यक्तिगत लक्ष्य को पूरा कर पाऊँगा?''

''कुदरत ऊँचे लक्ष्यवाले लोगों की मदद करती है। जब आप निमित्त बनकर दूसरों के जीवन पर असर डालने के लिए ऊँचा लक्ष्य रखेंगे तो कुदरत की सारी शक्तियाँ आपकी मदद करने के लिए इकट्ठी हो जाएँगी। एक बार जब आप यह लक्ष्य तय कर लें तो फौरन छोटे-छोटे गुणों पर मेहनत शुरू कर दें, जो इस लक्ष्य को पाने में आपकी मदद करेंगे।

'छोटी शुरुआत करें।' मान लें, आप किसी कंपनी में काम कर रहे हैं और आप यह स्पष्ट नहीं जानते हैं कि आपके जीवन का अव्यक्तिगत लक्ष्य क्या है। ऐसे में कोई भी एक छोटा लक्ष्य बना लें - इससे कोई फर्क नहीं पड़ता कि शुरुआत में आपको सही दिशा मिलती है या नहीं। किसी भी अच्छे उद्देश्य पर काम शुरू कर दें। जब भी शाम को आपके पास खाली समय हो तो किसी सेवा के कार्य अथवा अनाथालय के लाभ के लिए काम करने लगें। जब आप उस सेवा के पहाड़ पर चढ़ना शुरू कर देंगे तो आपको सही दिशा मिल जाएगी। तब शायद आपको यह पता चलेगा कि जिस अनाथालय में आप नियमित रूप से जाते हैं, वह आपको सचमुच ज्यादा प्रेरित नहीं कर रहा है। आपको तो इस बात से प्रेरणा मिलती है कि आप बच्चों के साथ काम करके उन्हें साक्षर बनाएँ। जब आपके सामने यह स्पष्ट हो जाए तो फिर बच्चों को साक्षर बनाने के लिए पढ़ाने लगें। अब आप दूसरे पहाड़ पर पहुँच गए हैं। जब आप उस पहाड़ पर चढ़ने लगेंगे तो हो सकता है कि आपको एक और पहाड़ दिख जाए, जो आपमें इतना जोश भर दे कि बाकी हर चीज छोटी दिखने लगे।

अगर दृष्टिलक्ष्य स्पष्ट नहीं है तो इंसान को यही करना चाहिए, कोई भी दृष्टि लक्ष्य बना ले और उस पर काम शुरू कर दें। जब आप ऐसा करेंगे तो आपको अपने आप सही दिशा मिल जाएगी, जीवन का लक्ष्य मिल जाएगा। संभवतः इसके लिए आपको दो-तीन पहाड़ों पर चढ़ना होगा लेकिन अंततः आप अपने शिखर पर अवश्य पहुँच जाएँगे।''

''परंतु जिन्न मुझे ऑफिस के कामों से इतनी फुरसत ही नहीं मिलती कि मैं शाम को कुछ कर पाऊँ। क्या इसका अर्थ मैं अव्यक्तिगत जीवन नहीं जी पाऊँगा?''

“ऐसा नहीं है दोस्त! आप अपनी वर्तमान नौकरी में भी अपना दृष्टि लक्ष्य जोड़ सकते हैं। भले ही आपके काम की प्रकृति व्यक्तिगत नजर आती हो लेकिन अव्यक्तिगत इरादे को जोड़ने से इसे अव्यक्तिगत काम में बदला जा सकता है।”

“मान लें कि कोई टेलीविजन सेट बेचनेवाले दुकानदार है। वह अपने कार्य में अव्यक्तिगत इरादा कैसे जोड़ा जा सकता है? इसका एक तरीका तो यह सोचना है कि वह यह सोचे कि ‘मैं सिर्फ बुद्धू बक्से ही नहीं बेच रहा हूँ बल्कि मनोरंजन का साधन बेच रहा हूँ, जो परिवार के छोटे-बड़े सभी सदस्यों के जीवन में खुशी और ज्ञान का संदेश लाता है।’ इससे भी बेहतर यह होगा कि इस अव्यक्तिगत इरादे को अव्यक्तिगत लक्ष्य में बदल दिया जाए। प्रोएक्टिव तरीके से स्टिकर्स बनाए जा सकते हैं, जो दर्शकों को यह याद दिलाएँ कि वे कार्यक्रमों के प्रति ज्यादा आसक्ति न रखें। इन स्टिकर्स को हर टेलीविजन सेट पर सुंदरता से चिपकाया जा सकता है। इसके अलावा अच्छे ज्ञानवर्धक कार्यक्रमों की समयसारिणी छपवाकर ग्राहकों को दी जा सकती है।”

“वाह जिन्न! तुम्हारे पास तो कई अनोखी तरकीबें हैं। तुम हमारी कंपनी क्यों नहीं जॉइन कर लेते।” कर्मांत और जिन्न ठहाके मारकर हँसने लगे।

“मैं तो ईश्वर की इस नौकरी में ही संतुष्ट हूँ...!!”

“परंतु जिन्न मैं कॉरपोरेट जगत में काम करता हूँ। उसमें अव्यक्तिगत दृष्टिलक्ष्य कैसे रखूँ, मुझे यह समझाओ।”

“देखा जाए तो ज्यादातर कॉरपोरेट्स अव्यक्तिगत दृष्टि लक्ष्य नहीं बनाते हैं। कुछ कॉरपोरेट्स अव्यक्तिगत दृष्टि लक्ष्य बना तो लेते हैं लेकिन गंभीरता से उस पर अमल नहीं करते हैं। कुछ तो अव्यक्तिगत दृष्टि लक्ष्य को कथन में शामिल करने की कोशिश ही नहीं करते हैं। लीडरशिप के सैद्धांतिक अध्ययनों में बुद्धिमानी की यह बात भरी पड़ी है कि संगठन के दृष्टि लक्ष्य को प्रेरक और ऊँचा होना चाहिए। नारायण मूर्ति, जिन्हें उल्लेखनीय कॉरपोरेट सफलता के लिए जाना जाता है और जो भारत के सफल भविष्यदृष्टा हैं, कहते हैं, ‘आपके पास एक भव्य, महान दृष्टि लक्ष्य होना चाहिए, जो कंपनी के हर कर्मचारी की ऊर्जा, उत्साह और आत्मसम्मान को ऊपर उठाता हो तथा साथ ही यह भी सुनिश्चित करता हो कि हर कर्मचारी उस दृष्टि लक्ष्य को हासिल करने के लाभ देख ले।’

यह जरूरी नहीं है कि ऐसा अव्यक्तिगत दृष्टि लक्ष्य ऊपर की श्रेणियों से नीचे

तक आए। हर कॉरपोरेट टीम, चाहे वह कितनी ही छोटी हो या कॉरपोरेट श्रेणियों में कितने ही निचले दर्जे पर हो, अपनी कंपनी के उद्देश्यों को एक अव्यक्तिगत दृष्टि लक्ष्य से जोड़ सकती है।''

''क्या वाकई?''

''हाँ, क्यों नहीं! मान लो कि आपकी कॉरपोरेट टीम के पास तीन महीने में एक सॉफ्टवेयर प्रोजेक्ट पूरा करने का लक्ष्य है। अगर टीम को पूरी तरह प्रेरित होना है तो टीम को सबसे पहले तो खुद से यह पूछना चाहिए, 'इस सॉफ्टवेयर प्रोजेक्ट से हम संसार में क्या फर्क लाएँगे? इस प्रोजेक्ट से लोगों पर क्या असर पड़ेगा?' अगर आपकी टीम को एहसास होता है कि इसका एक प्रमुख उद्देश्य यह है कि हजारों कर्मचारियों व ग्राहकों को फायदा होगा और कर्मचारियों की उत्पादकता बढ़ेगी तो उन्होंने अपने संकीर्ण दृष्टि लक्ष्य को विस्तृत करके अव्यक्तिगत दृष्टि लक्ष्य में बदल लिया है। फिर कर्मचारियों की उत्पादकता को बढ़ाना वास्तविक दृष्टि लक्ष्य बन जाता है, चाहे प्रोजेक्ट सफल हो या नहीं। तब आपकी टीम उस सॉफ्टवेयर में ऐसी विशेषताएँ जोड़ सकती है, जिनके बारे में आपने पहले सोचा भी नहीं होगा।

आप इस बारे में एक रिसर्च पेपर भी लिख सकते हैं कि आपने इस प्रोजेक्ट को कैसे डिजाइन किया ताकि यह दूसरों के लिए मददगार हो सके। संसार को लाभ पहुँचाने के लिए आप अपने कुछ विचार दूसरों को मुफ्त में देने का निर्णय भी ले सकते हैं। जब कॉरपोरेट टीम्स अपने उद्देश्यों को अव्यक्तिगत दृष्टि लक्ष्य से जोड़ लेती हैं तो वे स्वयं को एक ऊँचा लक्ष्य दे देती हैं।

आइए हम मान लेते हैं कि एक और टीम है, जिसका लक्ष्य एक महीने में एक फाइनैंशियल रिपोर्ट तैयार करना है। इस टीम को भी स्वयं से पूछना चाहिए, 'ज्यादा ऊँचा उद्देश्य क्या है? क्या कोई अव्यक्तिगत दृष्टिलक्ष्य है?' उन्हें यह एहसास हो सकता है कि उनका अव्यक्तिगत दृष्टिलक्ष्य यह है कि इस प्रोजेक्ट के द्वारा वे फाइनैंस के सिद्धांतों में प्रशिक्षित होंगे ताकि उनकी कंपनी को लाभ हो सके। प्रोजेक्ट पूर्ण होने पर वे मित्रों और सहकर्मियों को फाइनैंस के सिद्धांतों का प्रशिक्षण देने का अतिरिक्त उद्देश्य भी रख सकते हैं।

यह पहला कदम है। यह मुश्किल लग सकता है। कई कॉरपोरेट टीमें इस राह पर चलना पसंद नहीं करेंगी। वे इसे एक ऐसी राह समझेंगी, जिस पर गिने-चुने लोग चलते हैं। ऐसी स्थिति में वे सिर्फ टीमें रहेंगी; नेतृत्वकारी टीमें नहीं बन पाएँगी।

इस बात को और गहराई से समझते हैं। ऐसा क्यों होता है कि किसी देश के स्वाधीनता संग्राम के दौरान लोग एक हो जाते हैं और मिलकर बहुत अच्छी तरह काम करते हैं लेकिन देश के स्वतंत्र होने के बाद आपस में झगड़ने लगते हैं? ऐसा इसलिए होता है क्योंकि जब तक उन्होंने स्वतंत्रता हासिल नहीं की तब तक उनके पास एक महान लक्ष्य था। ठीक इसी तरह कॉरपोरेट टीमों को इससे सबक सीखना चाहिए। भले ही अव्यक्तिगत दृष्टिलक्ष्य की राह पर बहुत कम यात्राएँ होती हैं लेकिन कॉरपोरेट टीमों को इस दिशा में विचार करना चाहिए। जब मनुष्य देखता है कि सबकी आँखें मूँदी हुई हैं तो वह भी आँखें मूँदकर घिसी-पिटी लीक पर चलना चाहता है। अपनी उपस्थिति को ऐसा बनाएँ ताकि आपके रहने पर दूसरे भी अपनी आँखें खोल लें।''

''मैं तुम्हारी बात समझ गया जिन्न। मैं अपनी कॉरपोरेट टीम में यह बदलाव जरूर लाऊँगा।''

''यही सही होगा कर्मांत! इस तरह, आप चाहे जो भी करते या बेचते हों, उसमें आप एक अव्यक्तिगत दृष्टिलक्ष्य जोड़ सकते हैं। ऐसा करने से आप कोई भी नौकरी करें, वह ईश्वर की नौकरी होगी। जाहिर है, जो इंसान शराब बेचता है वह अपने कार्य में अव्यक्तिगत इरादा नहीं जोड़ पाएगा। सिर्फ नाम के लिए अव्यक्तिगत इरादा नहीं जोड़ना चाहिए। शराब चेतना के स्तर को नहीं उठाती है, यह तो इसे नीचे गिराती है। ऐसा पेशा चुनना चाहिए जिसमें अव्यक्तिगत की अभिव्यक्ति ज्यादा आसान हो।

आप अपनी वर्तमान नौकरी में जो भी करते हो, अपना दिमाग खुला रखकर खुद से पूछें कि 'मैं इसे कैसे अव्यक्तिगत बना सकता हूँ? क्या मैं वाकई ईश्वर की नौकरी कर रहा हूँ?' अपनी सोच को सीमित न रखें कि सारा मुनाफा सिर्फ मेरे पास ही होना चाहिए कि चीजें हमेशा इसी तरीके से होनी चाहिए आदि। हर चीज का एक रचनात्मक समाधान होता है और उसे खोजा जा सकता है।''

''जिन्न! मैं प्रण लेता हूँ कि अपने कार्य में अव्यक्तिगत दृष्टिलक्ष्य जरूर जोडूँगा। इसे सोचकर ही मेरे मन में रोमांच उठ रहा है। मैं इस तरह कार्य करने के लिए उत्सुक हूँ। धन्यवाद जिन्न! तुमने मुझे इतनी अच्छी तरह समझाया।''

''मुझे नहीं ईश्वर का धन्यवाद दो। पर उसका तरीका भी तुम्हें सीखना पड़ेगा।''

"क्या ईश्वर को धन्यवाद देने का भी तरीका होता है? यह मैं पहली बार सुन रहा हूँ। वैसे तुमने कही हुई सारी बातें अनोखी हैं परंतु यह बात मेरे पल्ले नहीं पड़ी।"

"बहुत आसान है। मान लें, आपको मालूम पड़ता है कि किसी ने आपकी मदद की है। उसने आपके लिए बहुत कुछ किया है। जाहिर है, आप उसे धन्यवाद देना चाहते हैं और उसके घर जाते हैं। घर पहुँचकर आप वहाँ की हालत देखकर चौंक जाते हैं। जिसे आप धन्यवाद देने गए हैं, वह टेबल पर कुछ लिख रहा था। अचानक हवा चलने से कुछ कागज उड़ रहे हैं। उस आदमी का एक हाथ टेबल पर रखे कागजों पर रखा है, ताकि वे न उड़ पाएँ। खिड़की से आनेवाली हवा को रोकने के लिए वह दूसरे हाथ से खिड़की बंद कर रहा है। यानी वह एक हाथ से पेपर थामे है। एक हाथ से खिड़की बंद कर रहा है। अपने पाँव से जमीन पर गिरे कागजों को उड़ने से बचा रहा है। आप देख रहे हैं कि वह स्थिति का प्रबंधन कर रहा है। अचानक बिजली भी चली जाती है। वह प्रकाश करना चाहता है। मोमबत्ती जलाना चाहता है। ऐसी अवस्था में आप क्या करेंगे? क्या आप यह कहेंगे कि मैं तो धन्यवाद देने आया था, अब जाता हूँ।"

"नहीं नहीं। मैं सबसे पहले उसकी मदद करूँगा।"

"सही कहा। आप भले ही धन्यवाद देने गए हैं लेकिन कम से कम नीचे गिरे कागज तो उठा ही सकते हैं। इस तरह की प्रतिक्रिया स्वत: ही आपके मन में आ जाएगी कि हम कागज उठा लें, खिड़की बंद कर दें, माचिस से तीली निकालकर दे दें। वह स्वयं अपनी समस्या का प्रबंधन कर रहा है और इन सब बातों से परेशान नहीं है, इसका अर्थ यह नहीं है कि हम उसकी बिलकुल भी मदद न करें।"

"तुम कहना क्या चाहते हो जिन्न?"

"मैं आपको यह समझाना चाहता हूँ कि आप यह विचार करें कि ईश्वर को धन्यवाद किस रूप में दिया जाना चाहिए? आपके मन में वाकई धन्यवाद का भाव होगा, तो कम से कम तीली निकालकर तो दे ही सकते हैं। मोमबत्ती पकड़ने में, उसे जलाने में मदद कर सकते हैं। अगर सामनेवाला एक हाथ से मोमबत्ती जला रहा है, तो हम उसे पकड़ तो सकते हैं। इसका अर्थ आपने जो मदद की, सेवा की, वह धन्यवाद की वजह से की।"

"अर्थात आप ईश्वर की नौकरी, उसकी सेवा करके उसे धन्यवाद दें। केवल

शब्द से नहीं। अव्यक्तिगत दृष्टिलक्ष्य रखकर आप ईश्वर की मदद कर सकते हैं। उसे सही मायनों में धन्यवाद दे सकते हैं।"

"जिन्न तुमने मेरे अंदर ईश्वर की सच्ची नौकरी करने के भाव और तीव्र कर दिए हैं। अब मैं ईश्वर का सही मायनों में धन्यवाद दूँगा। मैं जो भी कार्य करूँगा, उसकी सच्ची नौकरी समझकर ही करूँगा।"

"वैसे मैंने इस बात का इशारा तुम्हें पहले दिन पर ही दे दिया था, क्या तुम्हें याद है?"

"पहले दिन पर!! मुझे याद नहीं।"

"मैंने तुम्हें पहले दिन पर नौकरी के विषय में चार पायदान बताए थे। जिनमें से तुमने तीसरा पायदान चुना था। मैंने तुम्हें बताया था कि चौथे पायदान यानी 'दृष्टिकोण बदलने' का विस्तार है।"

"अरे हाँ! मुझे कुछ-कुछ याद आ रहा है। परंतु उस वक्त मुझे वह पायदान स्पष्ट नहीं हुआ था।"

"काम के प्रति दृष्टिकोण बदलने का अर्थ यही है कि अपने काम को अव्यक्तिगत दृष्टिकोण से देखना। जब हम काम को अव्यक्तिगत दृष्टिकोण से देखते हैं तो उसमें स्वयं ही रुचि उत्पन्न होने लगती है।"

"ओह हाँ! मैं अभी तुम्हारी बात को समझ पा रहा हूँ। अब मैं चौथे पायदान पर ही काम करूँगा। धन्यवाद जिन्न। तुमने मुझे जीवन जीने का सही लक्ष्य समझाया है। मैं अब अव्यक्तिगत जीवन का आनंद ले पाऊँगा।"

"क्या तुम्हें पता है कि इस कार्य में ईश्वर भी तुम्हारी मदद कर सकता है?"

"क्या वाकई? यह कैसे संभव है?"

"बस तुम्हें ईश्वर से मदद माँगनी है, उसके साथ संवाद करना है।"

"ईश्वर के साथ संवाद!!! बहुत ही लुभावना विचार है यह।"

"यह मैं तुम्हें कल सिखाऊँगा। यह तुम्हारा आखिरी सबक होगा। अब मुझे नींद आ रही है।" जिन्न ने जम्हाई ली और चिराग में घुस गया।

'ठीक है दोस्त! कल मिलते हैं।"

कर्मांत बिस्तर पर लेट तो गया परंतु आज उसकी आँखों में नींद के लिए जगह ही नहीं थी। जिन्न की बातें अभी तक उसके ज़हन में ताजा थीं।

अट्ठाइस

सुबह भारी आँखों से कर्मांत बिस्तर से उठा और हाथ जोड़कर ईश्वर को धन्यवाद देते हुए उसने कहा, 'हे ईश्वर! आपका बहुत-बहुत धन्यवाद। मैं केवल शब्दों से नहीं बल्कि अपने कार्यों से भी आपको धन्यवाद देना चाहता हूँ। कृपया मेरी मदद करें।'

आज रविवार का दिन था और कर्मांत जल्दी उठ बैठा था। यह देखकर नयन ने उससे कहा, "आज रविवार है। आप थके हुए लग रहे हैं। चाहें तो और सो सकते हैं। मैं कुछ देर बाद आपकी चाय यहीं लेकर आती हूँ।"

"नहीं नयन! रविवार है तो क्या हुआ। मुझे बहुत काम करने हैं।"

"ठीक है मैं चाय लेकर आती हूँ।" नयन ने आज कर्मांत की आँखों में काम के बोझ की जगह एक रोमांच देखा। यह देखकर वह हैरानी थी।

आज पूरा दिन कर्मांत अपनी स्टडी में बैठकर कुछ लिखता रहा। शाम को स्टडी से बाहर निकलने पर नयन ने कर्मांत की आँखों में वही चमक देखी जो सुबह थी। इतना काम करने के बाद भी उसके चेहरे पर थकान की एक भी लकीर नहीं थी।

कुछ ही देर में रात का समा बना और कर्मांत चिराग लेकर बाहर निकल पड़ा। उसने समुद्र तट की तरफ चलते हुए सोचा, आज रात शायद जिन्न के साथ आखिरी बार मुलाकात होगी।

आखिरी बार चिराग को घिसते हुए, उसका मन कुछ उदास हो गया।

"हैलो दोस्त! कैसे हो।"

"आज पूरा दिन मैं तरोताजा महसूस कर रहा था। दृष्टि लक्ष्य ने मेरे अंदर एक नई उमंग भर दी है जिन्न।"

"यह तो अच्छी खबर है।"

"मैं आज का सबक सीखने के लिए उत्सुक हूँ दोस्त।"

"तो ठीक है। आज मैं आपको ईश्वर के साथ संवाद का तरीका सिखाता हूँ।

ईश्वर इस सृष्टि में सब कुछ है। वह आपको चीजें सीखने और स्थाई सुख पाने के लिए जीवन देता है। आपको ईश्वर के साथ संवाद करना ही चाहिए।''

''जिन्न, मुझे यह एहसास कैसे हो कि ईश्वर मुझसे बात कर रहा है या मुझे कोई संदेश दे रहा है?''

जिन्न ने कहा, ''मैं बताता हूँ। आप या तो मि. नयन (चक्षुवान) हैं या श्री. श्रीकांत (कान) हैं या फिर डॉ. भावेश (भावनात्मक) हैं।''

''क्या? यह क्या है? ये लोग कौन हैं और मैं इनमें से एक कैसे हो सकता हूँ? और नयन तो मेरी पत्नी का नाम है!''

''इन शब्दों को समझने से पहले हमेशा एक सबक याद रखें। जिंदगी में कभी भी शब्दों में न उलझे रहें। शब्द तो सिर्फ अभिव्यक्ति का माध्यम हैं, चाहे यह प्रेम की अभिव्यक्ति हो, आस्था की हो या किसी दूसरी चीज की। शब्दों के पीछे की भावना ज्यादा महत्त्वपूर्ण होती है। शब्द तो सिर्फ उन भावनाओं को व्यक्त करने के साधन हैं। शब्द कैंडी आइसक्रीम को थामनेवाली लकड़ी की तरह होते हैं। कैंडी पूरी खाने के बाद हम डंडी फेंक देते हैं, क्योंकि कैंडी खत्म होने के बाद उसका कोई उपयोग नहीं रह जाता। डंडी ने कैंडी को थामे रखने का मकसद पूरा कर दिया। शब्द भी कैंडी की डंडी जैसे ही होते हैं। जब आप शब्दों के पीछे का मतलब या भावना जान लें, तो इसके बाद उन शब्दों पर ध्यान न दें। वे सिर्फ माध्यम थे।''

''ठीक है, जिन्न। मैं इसे अच्छी तरह समझता हूँ। क्या आप मुझे यह भी बताएँगे कि आपने किन लोगों के नाम लिए थे और उनका क्या मतलब था?''

''हाँ, जैसा मैंने कहा कि शब्द माध्यम हैं। उसी तरह ये नाम भी हैं। उनका इस्तेमाल तो मैं आपको सरलता से समझाने के लिए कर रहा हूँ। मि. नयन* उस इंसान का प्रतीक है, जो देखकर ज्यादातर चीजें समझता है। वह चीजों को, यहाँ तक कि तस्वीरों को, देखकर संदेश समझ लेता है। वह देखी हुई चीजों के प्रति ज्यादा ग्रहणशील होता है। इसी तरह श्री. श्रीकांत* वह व्यक्ति है, जो अपने भीतर की आवाज सुनता है और उससे मार्गदर्शन लेता है। उसे आंतरिक आवाज से दिशा और जवाब मिलते हैं। वह सुनी हुई आवाज के प्रति ज्यादा ग्रहणशील होता है। डॉ. भावेश* थोड़ी अलग प्रकृति का होता है। कुछ लोग अलग-अलग चीजों के कंपन, भाव महसूस करते हैं और इन कंपनों से संदेश पाते हैं। वे डॉक्टर हैं, क्योंकि वे चीजों को महसूस कर सकते हैं और सकारात्मक व नकारात्मक के बीच भेद कर

सकते हैं। वे किसी ऐसी चीज में यकीन करते हैं, जिसे उन्होंने देखा-सुना नहीं है। वे अक्सर अनदेखे या अनसुने में यकीन करते हैं। ये वे लोग हैं, जो अपनी भावनाओं की मदद से संदेश को पहचानते और डिकोड करते हैं।

लोगों की ये तीन अलग-अलग श्रेणियाँ हैं। हर इंसान के शरीर के अनुसार एक बात प्रबल होती है और दूसरी जाग्रत होती है। अर्थात कोई इंसान सुनी हुई चीजों के प्रति ज्यादा ग्रहणशील होता है पर कई बार उसे भाव भी पकड़ में आते हैं। इसका अर्थ उसमें श्री. श्रीकांत प्रबल है और डॉ. भावेश जाग्रत है। आपको सबसे पहले तो यह जानना होगा कि आप किस समूह में आते हैं। ईश्वर सभी रूपों में अपने संदेश भेजता है और लोग उन्हें अपने-अपने प्रिय माध्यम से पाते हैं, जो उनके लिए सबसे सुविधाजनक और सरल होता है। जब आप जागरूक हो जाते हैं कि आप ईश्वर के संदेश को किस माध्यम से स्वीकार करते हैं, तो ईश्वर उस माध्यम से आप तक अपनी बात पहुँचाता है। कर्मांत, आपको मेरी बात समझ आई?"

कर्मांत बोला, "ओह हाँ। यह एक सुंदर चीज है, जिसका मैं पहले से ही अभ्यास करता हूँ, लेकिन मैं इसके बारे में जागरूक नहीं था। मैं इसे अच्छी तरह समझता हूँ। जैसे मेरी बीवी नयन केवल नाम से नयन है पर असल में वह डॉ. भावेश है। कुछ सुनने से पहले ही उसे इसके अच्छे या बुरे होने के बारे में आभास हो जाता है। एक बार हमने एक सुंदर बँगले को देखा, जो बिकाऊ था। वो बहुत सस्ते दामों पर मिल रहा था। मैं बहुत रोमांचित था कि यह कौड़ियों के मोल मिल रहा है। मैं तो फौरन बँगला खरीदना चाहता था, लेकिन नयन बोली कि हमें इंतजार करना चाहिए और कोई दूसरा बँगला देखना चाहिए। उसे आभास हो गया था कि उस बँगले के साथ कोई गड़बड़ है। मैं उसकी 'भावनाओं' के पीछे के तर्क को नहीं समझ पाया, क्योंकि कोई तर्क था ही नहीं, जिससे वह अपनी भावना को साबित कर सके। लेकिन वह इस पर अड़ी रही। मैं मन ही मन भुनभुनाता रहा, क्योंकि मुझे उसकी यह बात अतार्किक लगी। कुछ दिनों बाद हमने सुना कि उस बँगले को तोड़ा जा रहा है, क्योंकि सरकार सड़क चौड़ी करने के लिए वह जगह खाली करवाना चाहती है। यह बात हमें पता नहीं थी। यह बात हमें हमारे एजेंट ने भी नहीं बताई थी। आज मुझे एहसास हुआ कि नयन को किस तरह से संदेश मिलते हैं। लेकिन जिन्न, मुझे यह कैसे पता चले कि मैं किस श्रेणी में आता हूँ?"

"आप यकीनन डॉ. भावेश नहीं हैं, क्योंकि आप नयन की बात नहीं समझ पाए?" जिन्न ने कर्मांत को आँख मारते हुए कहा।

"हाँ ... मैं यहाँ तुम्हारा ताना समझ गया, जिन्न! असल में मैं मि. नयन हूँ। मेरी पत्नी का नाम, अपने लिए इस्तेमाल करते हुए जरा अजीब लग रहा है पर यही सच है। ऐसा इसलिए है, क्योंकि मुझमें देखी हुई चीजों पर यकीन करने की प्रवृत्ति है। मैं किसी पुस्तक के ऑडियो टेप को सुनने के बजाय उसे पढ़ना और समझना ज्यादा पसंद करता हूँ। हाँ! दूसरे तरीकों के बजाय मैं देखी हुई चीजों को ज्यादा जल्दी ग्रहण करता हूँ।''

जिन्न ने कहा, "यह बेहतरीन है। एक बार जब आप अपना माध्यम जान लेते हैं, तो आप इसके बारे में ज्यादा जागरूक बन जाते हैं और इसे ज्यादा मजबूत बना सकते हैं। इस तरह आप अपनी बेहतर तरीके से मदद करने में ईश्वर की मदद कर सकते हैं।''

"अपनी बेहतर तरीके से मदद करने में ईश्वर की मदद कर सकते हैं? वह कैसे, जिन्न?''

"मैं आपको इसके ७ कदम बताऊँगा। बहुत गौर से सुनें।''

"ठीक है। मैं इसे सुनना पसंद करूँगा। आज मुझे ईश्वर के साथ संवाद करने के महत्व का एहसास हो चुका है। मैं आगे जानना चाहता हूँ।''

"चूँकि आप मि. नयन हैं, इसलिए मैं आपको ऐसी चीजें दिखाऊँगा, जिनसे आप ज्यादा जल्दी सबक सीख सकें। यह देखें।''

जिन्न ने हवा में एक दुकान और एक ग्राहक की तस्वीर बनाई।

जिन्न ने कर्मांत को देखते हुए पूछा, "यह किस बारे में है?''

कर्मांत ने जवाब दिया, "यह एक दुकान है और ग्राहक सामान खरीदने आया है।''

जिन्न बोला, "ठीक कहा। आपका पहला कदम ईश्वर का ग्राहक बनना है। ईश्वर के साथ जुड़ें। उसके ग्राहक बनें। अपनी जरूरत की चीजें उससे माँगें और उससे वह सब लें, जो वह आपको जिंदगी में देता है। उसने आपको क्या दिया और दूसरों को क्या दिया, इसकी तुलना न करें या इसे न तौलें। उसके साथ भाव-ताव न करें। ईश्वर को तो बस आपसे प्रेम और आस्था चाहिए। उससे हर चीज पाएँ, लेकिन तुलना के तराजू पर उन्हें न तो तौलें, न ही भाव-ताव करें। चाहे वे मुश्किलें हों या समस्याएँ हों या कोई और चीज हो, जो आपको परेशान करती हो, उसकी दी

हुई हर चीज को ईश्वर के प्रति प्रेम और आस्था के साथ स्वीकार करें।''

फिर जिन्न ने दुकान की तस्वीर को बादल की तरह हटा दिया और उसकी जगह पर एक मुस्कुराते बूढ़े आदमी की तस्वीर बना दी।

''यह क्या है?''

''यह एक बूढ़ा आदमी है, जिसके चेहरे पर बड़ी प्यारी मुस्कान है। वैसे वह गरीब दिख रहा है।''

जिन्न ने कहा, ''हाँ। हालाँकि वह बूढ़ा और गरीब है, लेकिन उसके चेहरे पर गर्मजोशी से भरी मुस्कान है। उसकी तरफ देखते वक्त आपको कैसा महसूस होता है?''

''उसके पास जो है, वह उससे संतुष्ट और खुश नजर आता है।''

जिन्न बोला, ''सही कहा! आपका दूसरा कदम यह है कि जो भी करें, मुस्कुराते हुए करें। लोग आज मुस्कराना और हँसना भूल से गए हैं। अपना हर काम गर्मजोशी से भरी मुस्कान के साथ करें। जैसे आपको इस आदमी को देखकर अच्छा लगा, वैसा ही ईश्वर के साथ है। जब आप उसकी दी हुई हर चीज पर मुस्कुराते हैं, तो आप उसे जताते हैं कि उसने आपको जो दिया है, आप उससे खुश हैं। आप उसे आश्वस्त करते हैं कि वह जो भी कर रहा है, आपके लिए सही है और आप बिना किसी शर्त के उसे स्वीकार करते हैं।''

कर्मांत बोला, ''हाँ, जिन्न। तुम्हारी बात सही है। मैं मुस्कुराना भूल गया था। मैं तो सिर्फ चिल्लाता और नाराज होता था। मैं सोचता हूँ कि हर दिन मेरा गुस्सैल चेहरा देखना दूसरों को कैसा लगता होगा।''

जिन्न ने कहा, ''हाँ। लेकिन आपको यह भी समझ लेना चाहिए कि सच्ची मुस्कान कैसी होती है। मुस्कान वास्तव में एक दिव्य अभिव्यक्ति है, जो आज भ्रष्ट हो चुकी है। आपको होंठों की मुस्कान से एक कदम आगे जाना होगा। ऐसी मुस्कान लाएँ, जिसमें समझदारी झलके। जब आपकी समझदारी सही कारण के लिए इस्तेमाल होती है, तो आपकी जागरूकता बढ़ने लगती है। सच्ची मुस्कान वह होती है, जब व्यक्ति जान जाता है कि वह वास्तव में कौन है। अपनी गलतियों पर हँसना सीखें, क्योंकि यह आपको अपने दिल की ओर ले जाएगा। दूसरों पर न हँसें; उनके साथ हँसें। अपनी हँसी की जागरूकता को बढ़ने दें।''

उन्नतीस

जिन्न ने दोबारा तस्वीर मिटाई और एक बड़े ताले और चाभी की तस्वीर बना दी।

"यह तो ताला-चाभी है। ऐसा लगता है, तुम चाहते हो कि मैं किसी चीज का ताला खोलूँ।"

"आपने सही पहचाना। दूसरों के दिल का ताला खोलने की कोशिश करें। अपने सभी संबंधों में यह बात हमेशा याद रखो। अक्सर आस-पास के लोगों के साथ हमारे संबंध तनावपूर्ण होते हैं। खुद के साथ हम दिल से काम लेते हैं और दूसरों के साथ दिमाग से। होना इसका उल्टा चाहिए। खुद के साथ दिमाग से काम लें और दूसरों के दिल को देखें। किसी व्यक्ति के कामों के बजाय अपने प्रति उसकी भावनाओं को देखें और उन्हीं पर भरोसा करें। और खुद के साथ निबटते वक्त अपने काम देखें। यही सही तरीका है। जब आप यह करना सीख लेते हैं, तो आप दूसरों के दिल का ताला खोल देते हैं। तब आपके संबंध आपके लिए जंजीर जैसे नहीं रहेंगे। वे खुल जाएँगे। जब अपने आस-पास के लोगों के साथ आपके अच्छे संबंध होते हैं, तब ईश्वर द्वारा भेजी गई हर चीज आसानी से आपके पास पहुँचती है। ऐसा इसलिए है, क्योंकि आपने कई मार्ग खोल दिए हैं, जिनसे ईश्वर आप तक अपना संदेश पहुँचा सकता है। लेकिन तनावपूर्ण संबंध होने पर आप दरवाजे बंद कर लेते हो।"

कर्मांत बोला, "मैं वाकई सहमत हूँ और इसे अच्छी तरह समझता हूँ। मेरा एक दोस्त शारीरिक दृष्टि से अक्षम है। उसे पोलियो है और वह ज्यादा देर तक खड़ा नहीं रह सकता। तिरुपति के बालाजी में उसकी बहुत श्रद्धा है। उसका दोस्तों का अच्छा नेटवर्क है। हर साल कोई न कोई दोस्त उसे तिरुपति बालाजी का प्रसाद लाकर दे देता है। ऐसा उसके अच्छे संबंधों के कारण, उस मंदिर में जाने पर लोग उसके लिए प्रसाद लाना नहीं भूलते।"

जिन्न बोला, "सही समझे, कर्मांत। तो अब चौथे कदम को देख लेते हैं।"

जिन्न ने महान वैज्ञानिक न्यूटन की तस्वीर बना दी।

जिन्न ने पूछा, "ये कौन हैं?"

कर्मांत कुछ देर तक सोचता रहा और फिर बोला, "दरअसल, जिन्न मैं आँखों

के मामले में भी इतना निपुण नहीं हूँ। पता नहीं, ये कौन हैं।''

''कोई बात नहीं! मैं आपको एक संकेत देता हूँ।'' जिन्न ने सेब का एक पेड़ बना दिया, जिससे एक लाल सेब हवा से जमीन पर गिर रहा था।

''अच्छा... न्यूटन! गुरुत्वाकर्षण का नियम।''

''न्यूटन... न्यू टन... न्यू टर्न! हाँ! न्यू टर्न यानी नया मोड़। यह ठीक है?'' कर्मांत ने उपलब्धि की गर्मजोश मुस्कान के साथ पूछा।

''ओह, अपनी मुस्कान को तो देखें! सचमुच बुद्धिमानी से भरी मुस्कान है। हाँ, आपने सही कहा। चौथा कदम ईश्वर द्वारा हमारी ओर भेजे गए संदेशों को डिकोड करना है। ईश्वर लगातार हमारी ओर संदेश भेजता है। आपको तो अपनी आँखें खुली रखने की जरूरत है। चौकन्ने रहो और उन चीजों की ओर नया मोड़ लेना सीखो, जिन्हें हमेशा पारंपरिक तरह से ही देखा जाता रहा है। हम सभी को संदेश मिलते हैं, लेकिन हम उन्हें समझ नहीं पाते हैं, क्योंकि हम उन्हें डिकोड करने में समर्थ नहीं होते हैं। डिकोडिंग ही जवाब है।''

जिन्न ने आसमान की तरफ देखा और चतुराई भरी मुस्कान के साथ हवा में एक मोबाइल फोन की तस्वीर बना दी। जैसे ही कर्मांत ने इसकी ओर देखा, फोन बजने लगा।

''इस वक्त कौन हो सकता है?'' कर्मांत ने घबराकर कहा और अपने पैंट की पीछे की जेब से मोबाइल निकालने की कोशिश की। इस वक्त मुझे कौन फोन करेगा... लगता है, रॉन्ग नंबर होगा...

''हेलो? कौन? नहीं, माफ कीजिए, रॉन्ग नंबर। अजीब बात है, इस वक्त रॉन्ग नंबर।''

जिन्न ने कहा, ''यही है पाँचवाँ कदम!''

''रॉन्ग नंबर ही पाँचवाँ कदम है?'' कर्मांत ने उत्सुकता से पूछा।

जिन्न बोला, ''ओह नहीं, कर्मांत! पाँचवाँ कदम तो बुद्धिमत्तापूर्ण आवाज सुनना है। आंतरिक अनुभूति ईश्वर का संदेश है। अपनी आंतरिक अनुभूति की आवाज सुनना सीखें, जैसा आपने अभी किया। आपको अनुभूति हुई कि यह रॉन्ग नंबर है और यह वाकई था। जब आप अपनी आंतरिक अनुभूति को विकसित कर लेते हैं, तो आप ईश्वर की मदद करते हैं, ताकि वह आप तक ज्यादा तेजी

से चीजें पहुँचाए। आप खुद की बात सुनकर या अपने मोबाइल फोन का जवाब देने से पहले या दरवाजे की घंटी बजने या कूरियर के आने पर खुद से पूछकर यह प्रयोग कर सकते हैं। खुद से पूछें कि यह कौन हो सकता है और फिर अपने भीतर की बुद्धिमत्तापूर्ण आवाज के जवाबों की तलाश करो। इसे इनट्यूशन या आंतरिक अनुभूति कहा जाता है।''

''यह तो जबर्दस्त है, जिन्न। मैं तो इस पर कल से ही अभ्यास शुरू कर सकता हूँ।''

छठे कदम की ओर बढ़ते हुए जिन्न ने अँधेरे और चमकदार आसमान की पृष्ठभूमि पर एक सफेद कोरे कागज की तस्वीर बना दी।

कर्मांत ने कहा, ''कोरा कागज।''

जिन्न बोला, ''हाँ, आपका अगला कदम कोरा कागज बनना है। और आपका काम खाली जगह को भरना नहीं है, बल्कि उसे महसूस करना है।''

''खाली जगह को महसूस कैसे किया जा सकता है? यह कैसा अभ्यास है?''

''कोरे कागज पर ईश्वर के दस्तखत लेना सीखें। कागज कोरा होना चाहिए, क्योंकि ईश्वर सिर्फ कोरे कागज पर ही दस्तखत करता है। यहाँ यह समझ लो, कोरे का मतलब है अहं से रहित। क्रोध (विकार) से रहित। अपने दिमाग को नकारात्मकता से मुक्त रखें। आप अपने साथ जो अनावश्यक चर्चा करते हैं, उसे बंद कर दें। आप हर वक्त अपने कोरे कागज को शब्दों से भरते रहते हैं। यह निरर्थक है। इस वजह से ईश्वर के दस्तखत के लिए जगह ही नहीं बचती है। उसके पास आपको संदेश भेजने के लिए कोई जगह ही नहीं रहती। आपको यह सवाल पूछना पड़ सकता है कि मुझे यह कैसे करना चाहिए। जवाब है स्वभाव से स्वार्थी न बनकर। हमेशा 'मैं' के बारे में न सोचें। जब दिमाग बकवास करे, तो इसे सही करना सीखें। कुंजी यह है, कभी भी किसी स्थिति या बात का नकारात्मक अर्थ न निकालें। इस तरह आप अपने कागज को साफ-सुथरा रख सकेंगे और ईश्वर के दस्तखत के लिए जगह रहेगी।''

तीस

कर्मांत की ओर मुस्कुराते हुए जिन्न ने आसमान में आखिरी तस्वीर खींची। उसने एक विशाल भूरे पिरामिड की तस्वीर बनाई, जिसने लगभग पूरे आसमान को ढँक लिया।

"यह एक पिरामिड है," कर्मांत ने कहा और इसके संदेश को समझने की कोशिश की।

जिन्न बोला, "हाँ। आपका आखिरी कदम पिरामिड के बारे में है। प्रार्थना और साधना दो चीजें हैं, जो मिलकर पिरामिड (प्रेयर+मेडिटेशन) बनाती हैं। यह पिरामिड सर्वोच्च जीवन और ईश्वर के साथ संवाद की चरम विधि की ओर संकेत करता है। इस तरह आप अपनी मदद करने में ईश्वर की मदद करते हैं।

"आपकी प्रार्थनाएँ सुनकर ही ईश्वर ने मुझे आपके पास भेजा था। तो हर दिन उसकी प्रार्थना करें। उससे बात करें। प्रार्थनाएँ और कुछ नहीं, ईश्वर से संवाद का तरीका हैं। यह सबसे अच्छा संवाद है, जो हो सकता है। ईश्वर से आपके संवाद का मतलब समझने में कभी गलती नहीं होती। तकनीक की कमी की वजह से ईश्वर तक संदेश पहुँचने में कोई दिक्कत नहीं होती।

"ईश्वर चाहता है कि आप प्रार्थना करें। जिस तरह आप अपने परिवार के साथ वैकेशन पर जाना चाहते हैं या कई बार बस खुद के साथ अकेले रहना चाहते हैं, इसी तरह ईश्वर भी हर दिन आपके साथ कुछ वक्त अकेले में रहना चाहता है। इसीलिए वह सभी इंसानों से प्रार्थना द्वारा खुद से बात करने को कहता है। प्रार्थना अपनी मनचाही चीज पाने का एक सशक्त साधन है। जब आप प्रार्थना करते हैं, तो ईश्वर आपकी बात सुनता है। वह आपको आपकी सभी मनचाही चीजें देना चाहता है। लेकिन जैसा आपने अब तक समझ लिया होगा, इंसान के दिमाग में मौजूद नकारात्मक विचार प्रार्थना की राह में बाधा बन जाते हैं। हमेशा यकीन रखें कि प्रार्थना ईश्वर के साथ संवाद करने का आदर्श तरीका है। वह आपको आपकी मनचाही चीजें देगा, हालाँकि हो सकता है कि उनके आने की दिशा अलग हो।

"आपको अपनी प्रार्थनाओं पर यकीन रखना होगा। आज आपके संवाद के सबक पूरे हो गए। आपने उनके लिए प्रार्थना की थी, इसलिए वे आपको मिले, हालाँकि वे आपको डिमोशन के माध्यम से मिले। यह आपकी प्रार्थना का जवाब

था। डिमोशन के कारण ही आप इन सबकों की गंभीरता को समझ पाए। तो हमेशा ईश्वर के साथ अपने संवाद पर भरोसा करें। वह जानता है कि आपके लिए सबसे अच्छा क्या है और उसे आपको कैसे देना है। अपनी प्रार्थनाओं में यकीन करो और ईश्वर से संवाद करो।

''ये दो चीजें आपको ईश्वर के साथ जोड़ती हैं। वे आपकी जागरूकता बढ़ाने में मदद करती हैं। जब हर संवाद चेतना के सर्वोच्च स्तर के साथ सबसे अच्छी तरह ग्रहण किया जाएगा, तो आपकी चेतना का स्तर बढ़ेगा। इसके अलावा, कोई समस्या जागरूकता के उसी स्तर पर रहकर नहीं सुलझाई जा सकती, जिस पर यह उत्पन्न हुई थी। ईश्वर के साथ संवाद के इन सात कदमों की मदद से ईश्वर के संपर्क में रहें। ये सात कदम ईश्वर को आपका हाथ थामने की ओर ले जाएँगे। वे आपकी समझ बढ़ाने में मदद करेंगे और आप बेहतर जान जाएँगे कि आप कौन हैं और आपको अपनी जिंदगी में कौन सी भूमिका निभानी चाहिए।''

कर्मांत ने कहा, ''जिन्न, तुमने आज मेरी जिंदगी बदल दी। मैं हमेशा सोचता था कि मेरा सितारों, ईश्वर, अपने परिवार और अपनी जिंदगी के साथ कोई संबंध है। मैं इस संदेश को डिकोड करने में समर्थ नहीं था, जो तुमने मुझे आज दिया है। मैं हमेशा से जानता था कि जिंदगी का कोई अर्थ है और इसका कोई उद्देश्य है। लेकिन अपने संवाद और आत्म-जागरूकता के निचले स्तर के कारण मैं खुद तक आनेवाले किसी भी सकारात्मक संदेश को ग्रहण नहीं कर पा रहा था। अब मुझे प्रकृति, ईश्वर पर पूर्ण विश्वास हो गया है। साथ ही मैं यह भी समझ गया हूँ कि सही समझ को साथ में रखा जाए तो हर तरह की नौकरी में खुश रहना संभव है। तुम्हारी बताई हुई बातों को मैं सदा याद रखूँगा। धन्यवाद दोस्त,'' कर्मांत ने अपने आँसू रोकने की कोशिश करते हुए कहा।

''ठीक है। अब वक्त आ गया है कि मैं जाकर किसी दूसरे की मदद करूँ। आपको शुभकामनाएँ। और छोटे राजू को भी प्रार्थना करना सिखाना मत भूलना। इससे वह बेहतर इंसान बनेगा और शायद किसी दूसरे की जिंदगी में जिन्न भी बन सकता है।''

''हाँ, जिन्न। मैं उसे प्रार्थना करने का महत्व जरूर सिखाऊँगा। हम हर दिन एक साथ प्रार्थना करेंगे और ईश्वर से बातचीत करेंगे। मैं वादा करता हूँ। एक बार फिर धन्यवाद, दोस्त। अलविदा...''

जिन्न अपने चिराग में गायब हो गया और चिराग चाँद–सितारों की रोशनी में ओझल हो गया।

कर्मांत बहुत खुश था। अब वह अलग तरह की जिंदगी जीने के लिए उत्सुक था।

उसने ऊपर चमकते सितारों को देखते हुए कहा, ''स्विट्ज़रलैंड में मिलते हैं, दोस्तों।''

अगली सुबह वे स्विट्ज़रलैंड की उड़ान भर रहे थे। यात्रा में मजा आया। छोटा राजू बार–बार अपना सिर खिड़की से सटाकर बादलों को देखता रहा। उसने रात के आसमान में चमकते सितारों को देखकर किलकारी भरी।

वे कंपनी के बँगले में ठहरे, जो काफी बड़ा था। वहाँ से मनमोहक दृश्य दिखता था। ऊँचे आल्प्स पर्वतों से घिरे कर्मांत के चेहरे पर ठंडी हवा का शीतल अहसास होता था।

कर्मांत ने आखिरकार एक महत्त्वपूर्ण सबक सीख लिया –

जिस तरह हम दूसरों और खुद के साथ संवाद करते हैं, उसी से अंतत: हमारी जिंदगी की गुणवत्ता तय होती है।

उस रात बालकनी से सितारों को देखते वक्त वह रोमांचित और बेहद खुश हुआ। उसने अपने चमकते दोस्तों के लिए ये शब्द लिखे –

मैं सितारों को रात को बाहर निकलते देखता हूँ
मैं सोचता हूँ कि उन्हें रोशनी कहाँ से मिलती है।
मैं यह नहीं सोचता कि वे कभी गिरेंगे,
इसलिए मैं उन तक पहुँचूँगा और उन्हें बटोर लूँगा।

वह काम चुनो, जिससे तुम्हें प्रेम हो और तुम्हें
ज़िंदगी में एक दिन भी काम नहीं करना पड़ेगा।
–कनफ्यूशियस

यह पुस्तक पढ़ने के बाद अपने अभिप्राय (विचार सेवा) इस पते पर भेजें :
Tej Gyan Global Foundation,
Pimpri Colony Post office, P.O. Box 25,
Pune - 411 017. Maharashtra (India).

परिशिष्ट

१. पुस्तक का नाम : स्वयं का सामना
आंतरिक खोज करने का तरीका

दूर-दूर तक फैला स्याह अंधेरा; उस पर ठिठुरन-भरी ठंढ, वातावरण को और अधिक डरावना बना रही थी। ऐसे में सन्नाटे को चीरती हुई, हवा से बातें करती दौड़ी जा रही थी हरक्युलिस की बाइक। उसका मन व्याकुल था। पत्नी राधा से हुए विवाद ने उसके मन-मस्तिष्क में विचारों की उथल-पुथल मचा रखी थी। वह स्वयं को नितांत अकेला और उदासी से घिरा हुआ महसूस कर रहा था।

हरक्युलिस के विचारों की गति बाइक की गति से भी तेज थी। विचारों से उपज रही पीड़ा को बहा देने के लिए उसने बाइक का एक्सीलेरेटर और तेज कर दिया लेकिन उसकी सारी कोशिशें नाकाम साबित हो रही थीं। विचारों को मन-मस्तिष्क से निकालकर यहाँ-वहाँ फेंक डालने के उसके सारे जतन असफल थे। विचार थे कि उसके आगे-आगे ही दौड़ रहे थे। चिंतन-मंथन की धुंध से उसे यूं प्रतीत होने लगा, मानों आँखें भी देखने की शक्ति खोती जा रही हों। द्रुत गति से भागती बाइक पर सवार, शहर के टेढ़े-मेढ़े रास्तों से गुजरते हुए हरक्युलिस हाइवे की ओर मुड़ गया। अचानक उसकी बाइक किसी चीज से टकराई। उस एक पल में क्या हुआ, हरक्युलिस को कुछ समझ में नहीं आया। हाँ, एक हृदयविदारक चीख जरूर उसका पीछा करती रही। वह सिहर उठा। अज्ञात भय से उसके माथे पर पसीना उतर आया। ठंढ की ठिठुरन को तो जैसे वह भूल ही गया।

चर...चर...चर... हरक्युलिस ने ब्रेक पर पूरे जोर से पैर रख दिए। बाइक असंतुलित-सी होते हुए चू...चू...चर...चर... करते हुए खड़ी हो गई। उसने पलटकर देखा, सड़क पर खून से लथपथ कोई औरत अस्त-व्यस्त पड़ी तड़प रही थी। औरत के समीप ही एक स्कूटर भी पड़ा हुआ था। कुछ पल पहले जिस दिमाग में सैकड़ों-हजारों विचार उमड़-घुमड़ रहे थे, पता नहीं अचानक वे सब कहाँ गुम हो गए? हरक्युलिस शून्य-सा खड़ा रह गया। अचानक फिर से उसके मन-मस्तिष्क में एक संग कई रस-भाव जैसे अविश्वास, करुणा, भय,

आत्मग्लानि आदि... पारे से पिघलते हुए जलन पैदा करने लगे।

इसके पहले कि हरक्युलिस कुछ सोचता-समझता, देखते ही देखते वहाँ कई लोग इकट्ठे हो गए। भीड़ चिल्ला पड़ी- 'पकड़ो-पकड़ो... मारो-मारो... भागने न पाए।' हरक्युलिस को करंट-सा लगा। कुछ पल में ही उसके दिमाग ने परिस्थितियों का आकलन कर लिया और उसने वहाँ से भागने में ही भलाई समझी। उसने बाइक का एक्सीलेरेटर पूरे जोर से मरोड़ डाला। बाइक फिसलते हुए, भर्र...भर्र... की आवाज करते हुए फिर से हवा के संग उड़ चली।

हरक्युलिस अपने मित्र के घर जा रहा था लेकिन यकायक हुई इस दुर्घटना ने उसे बेमन से अपने घर लौटने पर विवश कर दिया। उसके विचारों में अब खून से लथपथ, सड़क पर तड़प रही उस औरत का दृश्य घूमने लगा था। वह खुद से सवाल करने लगा- 'क्या उस औरत को असहाय अवस्था में छोड़कर मैंने ठीक किया...? क्या वापस लौटकर उस औरत को अस्पताल ले जाना चाहिए...? लेकिन क्या अब तक वह जीवित होगी...?' उस औरत की मौत का ख्याल आते ही हरक्युलिस भीतर तक कांप उठा। उसकी आँखों में जेल की सलाखें उतर आईं।

इस उथल-पुथल में ढेर-सा वक्त गुजर चला था। वह अपने मन को काबू में नहीं कर पा रहा था। उसके होंठ फड़फड़ाए- 'पहले ही क्या कम मुसीबतें थीं, जो अब एक नई उठ खड़ी हुई।' उसकी आँखों के सामने किसी चलचित्र की भाँति तमाम परेशानियाँ एक के बाद एक होकर गुजरने लगीं। उसका गला भर्रा उठा। वह बुदबुदाया- 'मैं किसी को दुःख पहुँचाना नहीं चाहता लेकिन ऐसा क्यों हो जाता है? हे ईश्वर! उस औरत की हत्या का पाप लेकर मैं कैसे जीऊँगा? मुझे अपराध बोध के चंगुल से बाहर निकालिए।'

आखिरकार हरक्युलिस ने शहर छोड़ने का निर्णय ले लिया। पश्चात्ताप के चलते हरक्युलिस ने सौगंध खाई- 'जब तक मैं अपने पाप का प्रायश्चित्त नहीं कर लेता तब तक अपने शहर में कदम नहीं रखूँगा।' उसने अपना घर-बार, कपड़े-लत्ते सब कुछ त्याग दिया। सिर्फ चेकबुक, क्रेडिट कार्ड और कुछ रुपए रखकर हरक्युलिस ने घर को ताला लगाया और निकल पड़ा- जाने-अनजाने हुए उस पाप को धोने, पश्चात्ताप की अग्नि को ठंढा करने, आत्मग्लानि को मिटाने, शांति की तलाश में... एक अज्ञात, अनजानी राह पर...।

हरक्युलिस का एक इलेक्ट्रॉनिक उपकरणों का बड़ा-सा शोरूम था, जिसे वह अपने एक मित्र के संग मिलकर चलाता था। एक सफल और सुविधा सम्पन्न व्यक्ति था हरक्युलिस, जिसने अपने जीवन में भरपूर धन-दौलत कमाई थी। उसकी पत्नी राधा एक सुशील और पढ़ी-लिखी औरत थी। उन्हें हिमांशु और हिमानी नामक दो प्यारे से बच्चे थे। ...पर उसके

जीवन में कुछ ऐसा अवश्य था, जिसके कारण राधा अपने बच्चों के संग अलग रहने लगी थी।

फौलादी बदन का धनी हरक्युलिस में आत्मविश्वास कूट-कूटकर भरा हुआ था। वह हर परिस्थिति का सामना करने को तैयार रहता था। वह अपने भौतिक जीवन में एक सफल इंसान था लेकिन धन और बल ने उसके भीतर क्रोध की जड़ें जमाना शुरू कर दी थीं। वह तनिक-तनिक-सी बात पर अपना आपा खो बैठता था। उस वक्त उसे अच्छे-बुरे का ज्ञान ही नहीं रहता था।

शनै:-शनै: गुस्से के विष ने उसके अंदर माइग्रेन की बीमारी को जन्म दे डाला। जब-तब उसका सिर असहनीय दर्द से भर उठता था। उस पल उसके सोचने-विचारने की क्षमता दम तोड़ने लगती थी। ऐसे वक्त में उसका क्रोध चरम सीमा पर पहुँच जाता था, नतीजन उसने धीरे-धीरे अपनों को खोना शुरू कर दिया। पहले मित्र और फिर एक दिन राधा भी उसके बर्ताव से तंग आकर घर छोड़कर चली गई।

ठंढे दिमाग से जब कभी हरक्युलिस सोचने बैठता तो उसे आभास होता कि कहीं न कहीं वह गलत है लेकिन अगले ही पल अहंकार उसकी इस सोच पर पानी फेर देता था। वह राधा से क्षमा माँगना चाहता था लेकिन उसका अहंकार आड़े आ जाता। दूसरी ओर उसके व्यावसायिक भागीदार से भी उसकी अनबन बढ़ती जा रही थी। उसकी शिकायत थी कि हरक्युलिस अपने क्लाइंट्स से अच्छा व्यवहार नहीं करता। इसके कारण बड़ी-बड़ी कंपनियों के ऑर्डर समय पर पूरे नहीं हो पा रहे थे। शोरूम निरंतर घाटे में चल रहा था। हरक्युलिस के बिजनेस पार्टनर ने कई बार उसे समझाने की कोशिश की लेकिन परिणाम कुछ नहीं निकला। धीरे-धीरे वे भी हरक्युलिस से दूरी बनाने लगे थे। हरक्युलिस के घमंड और गुस्से के कारण उसके पड़ोसी, मित्र-परिचित, नाते-रिश्तेदार कोई भी उससे संबंध रखना नहीं चाहता था। लोगों की उपेक्षा के कारण हरक्युलिस के अंदर निराशा का अंधेरा पैर पसारने लगा था।

राधा के साथ हुए वाद-विवाद के विचारों में उलझकर गाड़ी चलाते हुए वह इतना बेखबर हो गया कि एक महिला की मृत्यु का कारण बना।

बहरहाल, हरक्युलिस उसी रात घर छोड़कर निकल पड़ा और रेल्वे स्टेशन जा पहुंचा। वहाँ विश्रामगृह में बैठे-बैठे उसने ठंढे दिमाग से सोचा– 'क्या मैं वाकई लोगों का बुरा करता हूँ? अगर नहीं तो फिर लोग मुझसे कटे-कटे, नाराज-से क्यों रहते हैं?'

हरक्युलिस पछतावे में जलने लगा– 'मैंने अपनों को दु:ख पहुँचाया, दूसरों को परेशान किया... मैं इतना स्वार्थी, अहंकारी, निर्दयी कैसे हो सकता हूँ? मैं इतना लापरवाह कैसे हो गया कि मुझे सामने से आता स्कूटर तक नहीं दिखाई दिया? पता नहीं, उस महिला के रिश्तेदार किस हाल में होंगे? उनके दिल पर क्या बीत रही होगी? हे देवी माँ! मुझसे यह क्या हो गया?' अपराधबोध की ज्वाला में जलते हुए हरक्युलिस अपनी आराध्य देवी माँ को सहायता के लिए पुकारने लगा।

ट्रेनों की घड़घड़ाहट और इंजन की तीव्र सीटियों की गूंजों के बीच आँखों ही आँखों में विश्रामगृह में सारी रात कैसे कट गई, हरक्युलिस को पता तक नहीं चला। सुबह अचानक हरक्युलिस को लगा कि उसके सामने प्रचंड प्रकाश पुंज प्रकट हुआ है। हरक्युलिस चकरा गया। उसे अपनी आँखों पर विश्वास नहीं हो रहा था। अचानक उस प्रकाश पुंज में उसे देवी माँ खड़ी दिखाई दी। उसने तुरंत देवी माँ को दंडवत प्रणाम किया और बच्चों-सा बिलख पड़ा। उसके मन का सारा गुबार माँ के चरणों में बह निकला था।

थोड़ी देर बाद उसने स्वयं को संभाला और माँ से विनती करने लगा- 'माँ! मुझे अपने किए पर बहुत पछतावा है। मैं अपने पापों से उबरना चाहता हूँ। माँ कोई उपाय बताइए।' देवी मुस्कराईं- 'वो देखो, दूर पहाड़ी पर जो मंदिर दिखाई दे रहा है, उसके पुजारी की शरण में जाओ; उसकी सेवा करो, उसकी आज्ञा का पालन करो। उसके द्वारा दिए गए कार्यों द्वारा बारह महीनों में बारह लोगों के जीवन में परिवर्तन लाओ। बस, यही तुम्हारा प्रायश्चित्त होगा।' इतना कहकर देवी माँ अंतर्धान हो गईं।

हरक्युलिस मन ही मन बोला- 'लोगों के जीवन में परिवर्तन...! और मैं...! मेरे खुद के ऊपर दुःखों का पहाड़ टूट पड़ा है... मैं क्या किसी के जीवन में परिवर्तन ला सकूँगा...! यह मेरे बलबूते के बाहर की बात है। मैं खुद मदद की तलाश में हूँ... लेकिन देवी माँ ने मुझे ऐसा आदेश दिया है तो इसमें जरूर कोई न कोई तथ्य होगा! ... उठो हरक्युलिस! अब देर मत करो, तुम्हे उस मंदिर तक पहुँचना है।'

अचानक हरक्युलिस की नींद टूटी। उसने खुद को स्टेशन के विश्रामगृह में पाया। वह समझ गया कि यह कोई सपना नहीं बल्कि देवी माँ ने उसे प्रायश्चित्त करने का रास्ता दिखाया है। हरक्युलिस का अब तक का यह अनुभव रहा था कि उसे समय-समय पर अंतर्दृष्टि से मार्गदर्शन मिलता आया था लेकिन वह उसे उपेक्षित कर देता था। हर इंसान का विवेक उसका सच्चा मार्गदर्शक होता है लेकिन वह उसे नकार देता है। हरक्युलिस भी अपने धन-बल के अहंकार में अपने विवेक को उपेक्षित करता आ रहा था। इसी गलती ने उसे इस राह पर लाकर खड़ा कर दिया था। हरक्युलिस के ज्ञानचक्षु खुल उठे। उसने भीष्म प्रतिज्ञा ली कि 'अब कभी जीवन में इन गलतियों को नहीं दुहराऊँगा। देवी माँ के आदेश का दृढ़ता से पालन करूँगा।' ऐसा सोचते ही हरक्युलिस को यूँ प्रतीत हुआ जैसे मन-मस्तिष्क एकदम हल्का हो गया हो, भीतर भरी दुर्गंध मानो सुगंध में परिवर्तित हो गई हो, विचारों की उथल-पुथल जैसे थम गई हो। सब कुछ अच्छा-अच्छा-सा जान पड़ने लगा था।

हरक्युलिस असीम उर्जा से भर उठा और निकल पड़ा एक नई दिशा की ओर... एक नई दशा प्राप्त करने की शुभेच्छा को हृदय में संजोए हुए...।

आगे क्या हुआ? क्या हरक्युलिस १२ लोगों का जीवन परिवर्तन करने में सफल हो पाया? जानने के लिए पढ़ें,

'स्वयं का सामना' -
हरक्युलिस की आंतरिक खोज'।

२. तेजज्ञान ग्लोबल फाउण्डेशन का परिचय

तेजज्ञान फाउण्डेशन आत्मविकास से आत्मसाक्षात्कार प्राप्त करने का एक रास्ता है। इसके लिए सरश्री द्वारा एक अनूठी बोध पद्धति (System for Wisdom) का सृजन हुआ है। इस पद्धति को अन्तर्राष्ट्रीय मानक ISO 9001:2015 के आवश्यकताओं एवं निर्देशों के अनुरूप ढालकर सरल, व्यावहारिक एवं प्रभावी बनाया गया है।

इस संस्था की बोध पद्धति के विभिन्न पहलुओं (शिक्षण, निरीक्षण व गुणवत्ता) को स्वतंत्र गुणवत्ता परीक्षकों (Quality Auditors) द्वारा क्रमबद्ध तरीके से जाँचा गया। जिसके बाद इन पहलुओं को ISO 9001:2015 के अनुरूप पाकर, इस बोध पद्धति को प्रमाणित किया गया है।

फाउण्डेशन का लक्ष्य आपको नकारात्मक विचार से सकारात्मक विचार की ओर बढ़ाना है। सकारात्मक विचार से शुभ विचार यानी हॅपी थॉट्स (विधायक आनंदपूर्ण विचार) और शुभ विचार से निर्विचार की ओर बढ़ा जा सकता है। निर्विचार से ही आत्म साक्षात्कार संभव है। शुभ विचार (Happy Thoughts) यानी यह विचार कि 'मैं हर विचार से मुक्त हो जाऊँ।' शुभ इच्छा यानी यह इच्छा कि 'मैं हर इच्छा से मुक्त हो जाऊँ।'

ज्ञान का अर्थ है सामान्य ज्ञान लेकिन तेजज्ञान यानी वह ज्ञान जो ज्ञान व अज्ञान के परे है। कई लोग सामान्य ज्ञान की जानकारी को ही ज्ञान समझ लेते हैं लेकिन असली ज्ञान और जानकारी में बहुत अंतर है। आज लोग सामान्य ज्ञान के जवाबों को ज्यादा महत्त्व देते हैं। उदाहरण के तौर पर– कर्म और भाग्य, योग और प्राणायाम, स्वर्ग और नर्क इत्यादि। आज के युग में सामान्य ज्ञान प्रदान करनेवाले लोग और शिक्षक कई मिल जाएँगे मगर इस ज्ञान को पाकर जीवन में कोई बड़ा परिवर्तन नहीं होता। यह ज्ञान या तो केवल बुद्धि विलास है या फिर अध्यात्म के नाम पर बुद्धि का व्यायाम है।

सभी समस्याओं का समाधान है तेजज्ञान। भय से मुक्ति, चिंतारहित व क्रोध से आज़ाद जीवन है तेजज्ञान। शारीरिक, मानसिक, सामाजिक, आर्थिक और आध्यात्मिक

उन्नति के लिए है तेजज्ञान। तेजज्ञान आपके अंदर है, आएँ और इसे पाएँ।

यदि आप ऐसा ज्ञान चाहते हैं, जो सामान्य ज्ञान के परे हो, जो हर समस्या का समाधान हो, जो सभी मान्यताओं से आपको मुक्त करे, जो आपको ईश्वर का साक्षात्कार कराए, जो आपको सत्य पर स्थापित करे तो समय आ गया है तेजज्ञान को जानने का। समय आ गया है शब्दोंवाले सामान्य ज्ञान से उठकर तेजज्ञान का अनुभव करने का।

अब तक अध्यात्म के अनेक मार्ग बताए गए हैं। जैसे जप, तप, मंत्र, तंत्र, कर्म, भाग्य, ध्यान, ज्ञान, योग और भक्ति आदि। इन मार्गों के अंत में जो समझ, जो बोध प्राप्त होता है, वह एक ही है। सत्य के हर खोजी को अंत में एक ही समझ मिलती है और इस समझ को सुनकर भी प्राप्त किया जा सकता है। उसी समझ को सुनना यानी तेजज्ञान प्राप्त करना है। तेजज्ञान के श्रवण से सत्य का साक्षात्कार होता है, ईश्वर का अनुभव होता है। यही तेजज्ञान सरश्री महाआसमानी शिविर में प्रदान करते हैं।

सरश्री की आध्यात्मिक खोज का सफर उनके बचपन से प्रारंभ हो गया था। इस खोज के दौरान उन्होंने अनेक प्रकार की पुस्तकों का अध्ययन किया। इसके साथ ही अपने आध्यात्मिक अनुसंधान के दौरान अनेक ध्यान पद्धतियों का अभ्यास किया। उनकी इसी खोज ने उन्हें कई वैचारिक और शैक्षणिक संस्थानों की ओर बढ़ाया। इसके बावजूद भी वे अंतिम सत्य से दूर रहे।

उन्होंने अपने तत्कालीन अध्यापन कार्य को भी विराम लगाया ताकि वे अपना अधिक से अधिक समय सत्य की खोज में लगा सकें। जीवन का रहस्य समझने के लिए उन्होंने एक लंबी अवधि तक मनन करते हुए अपनी खोज जारी रखी। जिसके अंत में उन्हें आत्मबोध प्राप्त हुआ। आत्मसाक्षात्कार के बाद उन्होंने जाना कि अध्यात्म का हर मार्ग जिस कड़ी से जुड़ा है वह है- समझ (अंडरस्टैण्डिंग)।

सरश्री कहते हैं कि 'सत्य के सभी मार्गों की शुरुआत अलग-अलग प्रकार से होती है लेकिन सभी के अंत में एक ही समझ प्राप्त होती है। 'समझ' ही सब कुछ है और यह 'समझ' अपने आपमें पूर्ण है। आध्यात्मिक ज्ञान प्राप्ति के लिए इस 'समझ' का श्रवण ही पर्याप्त है।'

सरश्री ने ढ़ाई हज़ार से अधिक प्रवचन दिए हैं और सौ से अधिक पुस्तकों की रचना की हैं। ये पुस्तकें दस से अधिक भाषाओं में अनुवादित की जा चुकी हैं और प्रमुख प्रकाशकों द्वारा प्रकाशित की गई हैं, जैसे पेंगुइन बुक्स, हे हाऊस पब्लिशर्स, जैको बुक्स, हिंद पॉकेट बुक्स, मंजुल पब्लिशिंग हाऊस, प्रभात प्रकाशन, राजपाल ॲण्ड सन्स इत्यादि। सरश्री की शिक्षाओं से लाखों लोगों के जीवन में रूपांतरण हुआ है। इसके साथ संपूर्ण विश्व की चेतना बढ़ाने के लिए कई सामाजिक कार्यों की शुरुआत भी की गई है।

सरश्री आज के युग के आध्यात्मिक गुरु और 'तेजज्ञान फाउण्डेशन' के संस्थापक हैं, जो अत्यंत सरलता से आज की लोकभाषा में आध्यात्मिक समझ प्रदान करते हैं। हर साल तेजज्ञान फाउण्डेशन द्वारा 'महाआसमानी शिविर' आयोजित किया जाता है। यह शिविर

पूर्णतः सरश्री की शिक्षाओं पर आधारित है।

क्या आपको उच्चतम आनंद पाने की इच्छा है? ऐसा आनंद, जो किसी कारण पर निर्भर नहीं है, जिसमें समय के साथ केवल बढ़ोतरी ही होती है। क्या आप इसी जीवन में प्रेम, विश्वास, शांति, समृद्धि और परमसंतुष्टि पाना चाहते हैं? क्या आप शारीरिक, मानसिक, सामाजिक, आर्थिक और आध्यात्मिक इन सभी स्तरों पर सफलता हासिल करना चाहते हैं? क्या आप 'मैं कौन हूँ' इस सवाल का जवाब अनुभव से जानना चाहते हैं।

यदि आपके अंदर इन सवालों के जवाब जानने की और 'अंतिम सत्य' प्राप्त करने की प्यास जगी है तो तेजज्ञान फाउण्डेशन द्वारा आयोजित 'महाआसमानी शिविर' में आपका स्वागत है। यह शिविर पूर्णतः सरश्री की शिक्षाओं पर आधारित है। सरश्री आज के युग के आध्यात्मिक गुरु और 'तेजज्ञान फाउण्डेशन' के संस्थापक हैं, जो अत्यंत सरलता से आज की लोकभाषा में आध्यात्मिक समझ प्रदान करते हैं।

क्या आपको उच्चतम आनंद पाने की इच्छा है? ऐसा आनंद, जो किसी कारण पर निर्भर नहीं है, जिसमें समय के साथ केवल बढ़ोतरी ही होती है। क्या आप इसी जीवन में प्रेम, विश्वास, शांति, समृद्धि और परमसंतुष्टि पाना चाहते हैं? क्या आप शारीरिक, मानसिक, सामाजिक, आर्थिक और आध्यात्मिक इन सभी स्तरों पर सफलता हासिल करना चाहते हैं? क्या आप 'मैं कौन हूँ' इस सवाल का जवाब अनुभव से जानना चाहते हैं।

महाआसमानी परम ज्ञान शिविर का उद्देश्य :

इस शिविर का उद्देश्य है, 'विश्व का हर इंसान 'मैं कौन हूँ' इस सवाल का जवाब जानकर सर्वोच्च आनंद में स्थापित हो जाए।' उसे ऐसा ज्ञान मिले, जिससे वह हर पल वर्तमान में जीने की कला प्राप्त करे। भूतकाल का बोझ और भविष्य की चिंता इन दोनों से वह मुक्त हो जाए। हर इंसान के जीवन में स्थायी खुशी, सही समझ और समस्याओं को विलीन करने की कला आ जाए। मनुष्य जीवन का उद्देश्य पूर्ण हो।

'मैं कौन हूँ? मैं यहाँ क्यों हूँ? मोक्ष का अर्थ क्या है? क्या इसी जन्म में मोक्ष प्राप्ति संभव है?' यदि ये सवाल आपके अंदर हैं तो महाआसमानी परम ज्ञान शिविर इसका जवाब है।

महाआसमानी परम ज्ञान शिविर के मुख्य लाभ :

इस शिविर के लाभ तो अनगिनत हैं मगर कुछ मुख्य लाभ इस प्रकार हैं-

* जीवन में दमदार लक्ष्य प्राप्त होता है।

* 'मैं कौन हूँ' यह अनुभव से जानना (सेल्फ रियलाइजेशन) होता है।
* मन के सभी विकार विलीन होते हैं।
* भय, चिंता, क्रोध, बोरडम, मोह, तनाव जैसी कई नकारात्मक बातों से मुक्ति मिलती है।
* प्रेम, आनंद, मौन, समृद्धि, संतुष्टि, विश्वास जैसे कई दिव्य गुणों से युक्ति होती है।
* सीधा, सरल और शक्तिशाली जीवन प्राप्त होता है।
* हर समस्या का समाधान प्राप्त करने की कला मिलती है।
* 'हर पल वर्तमान में जीना' यह आपका स्वभाव बन जाता है।
* आपके अंदर छिपी सभी संभावनाएँ खुल जाती हैं।
* इसी जीवन में मोक्ष (मुक्ति) प्राप्त होता है।

महाआसमानी परम ज्ञान शिविर में भाग कैसे लें?

इस शिविर में भाग लेने के लिए आपको कुछ खास माँगें पूरी करनी होती हैं। जैसे-

१) आपकी उम्र कम से कम अठारह साल या उससे ऊपर होनी चाहिए।

२) आपको सत्य स्थापना शिविर (फाउण्डेशन ट्रुथ रिट्रीट) में भाग लेना होगा, जहाँ आप सीखेंगे- वर्तमान के हर पल को कैसे जीया जाए और निर्विचार दशा में कैसे प्रवेश पाएँ।

३) आपको कुछ प्राथमिक प्रवचनों में उपस्थित होना है, जहाँ आप बुनियादी समझ आत्मसात कर, महाआसमानी परम ज्ञान शिविर के लिए तैयार होते हैं।

यह शिविर एक या दो महीने के अंतराल में आयोजित किया जाता है, जिसका लाभ हज़ारों खोजी उठाते हैं। इस शिविर की तैयारी आप दो तरीके से कर सकते हैं। पहला तरीका- मनन आश्रम (पूना) में पाँच दिवसीय निवासी शिविर में भाग लेकर, दूसरा तरीका- तेजज्ञान फाउण्डेशन के नजदीकी सेंटर पर सत्य श्रवण द्वारा। जैसे- पुणे, मुंबई, दिल्ली, सांगली, सातारा, जलगाँव, अहमदाबाद, कोल्हापुर, नासिक, अहमदनगर, औरंगाबाद, सूरत, बरोडा, नागपुर, भोपाल, रायपुर, चेन्नई, वर्धा, अमरावती, चंद्रपुर, यवतमाल, रत्नागिरी, लातूर, बीड, नांदेड, परभणी, पनवेल, ठाणे, सोलापुर, पंढरपुर, अकोला, बुलढाणा, धुले, भुसावल, बैंगलोर, बेलगाम, धारवाड, भुवनेश्वर, कोलकत्ता, राँची, लखनऊ, कानपुर, चंदीगढ़, जयपुर, पणजी, म्हापसा, इंदौर, इटारसी, हरदा, विदिशा, बुरहानपुर।

इनके अतिरिक्त आप महाआसमानी की तैयारी फाउण्डेशन में उपलब्ध सरश्री द्वारा रचित पुस्तकें या यू ट्यूब के संदेश सुनकर भी कर सकते हैं। मगर याद रहे ये पुस्तकें, यू ट्यूब के प्रवचन शिविर का परिचय मात्र है, तेजज्ञान नहीं। आप महाआसमानी परम ज्ञान शिविर में भाग लेकर ही तेजज्ञान का आनंद ले सकते हैं। आगामी महाआसमानी परम ज्ञान शिविर में अपना स्थान आरक्षित करने के लिए संपर्क करें : 09921008060/75, 9011013208

महाआसमानी परम ज्ञान शिविर स्थान

महाआसमानी महानिवासी शिविर 'मनन आश्रम' पर आयोजित किया जाता है। यह आश्रम पुणे शहर के बाहरी क्षेत्र में पहाड़ों और निसर्ग के असीम सौंदर्य के बीच बसा हुआ है। इस आश्रम में पुरुषों और महिलाओं के लिए अलग-अलग, कुल मिलाकर 700 से 800 लोगों के रहने की व्यवस्था है। यह आश्रम पुणे शहर से 17 किलो मीटर की दूरी पर है। हवाई अड्डा, हाइवे और रेल्वे से पुणे आसानी से आ-जा सकते हैं।

मनन आश्रम : मनन आश्रम, पुणे, सर्वे नं. ४३, सनस नगर, नांदोशी गाँव, किरकट वाडी फाटा, तहसील - हवेली, जिला : पुणे - ४११०२४. फोन : 09921008060

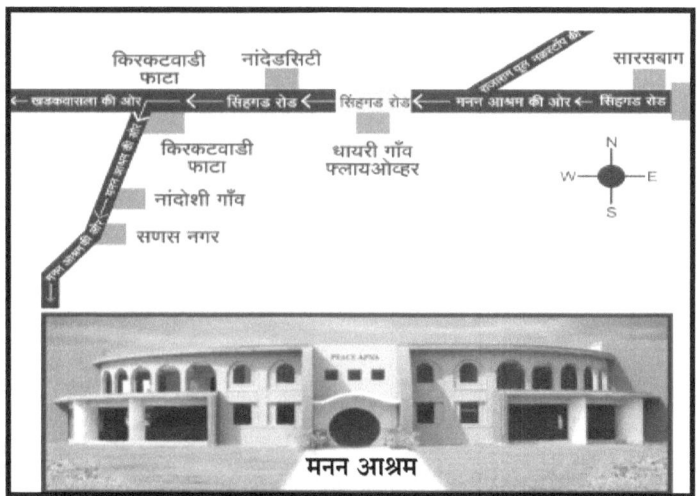

मनन आश्रम

अब एक क्लिक पर ही शिविर का रजिस्ट्रेशन !

तेजज्ञान फाउण्डेशन की इन शिविरों के लिए
अब आप ऑनलाईन रजिस्ट्रेशन भी कर सकते हैं-

* महाआसमानी परम ज्ञान शिविर परिचय और लाभ (पाँच दिवसीय निवासी शिविर)
* मैजिक ऑफ अवेकनिंग (केवल अंग्रेजी भाषा जाननेवालों के लिए तीन दिवसीय निवासी शिविर)
* मिनी महाआसमानी (निवासी) शिविर, युवाओं के लिए

रजिस्ट्रेशन के लिए आज ही लॉग इन करें

www.tejgyan.org

सरश्री द्वारा रचित श्रेष्ठ पुस्तकें

स्वयं का सामना

यह पुस्तक न्याय, स्वास्थ्य, खुशी और रिश्तों पर अनोखी समझ देनेवाली अद्भुत खोज प्रस्तुत करनेवाली और व्यक्तित्व विकास के लिए एक महत्त्वपूर्ण रचना है।

मूल्य : रू. १५०/-

संपूर्ण लक्ष्य

इस पुस्तक का लक्ष्य है कि आप संपूर्ण लक्ष्य पाएँ। आपकी राह में आनेवाली बाधाएँ, आपके लिए विकास न करने का बहाना न बनकर आगे बढ़ने की सीढ़ी बनें।

मूल्य : रू. १७५/-

क्षमा का जादू

यह पुस्तक आपको क्षमा का जादू सिखाने जा रही है। इसे पढ़कर आप क्षमा माँगने की क्षमता को जानकर हर दुःख से मुक्ति पाएँगे।

मूल्य : रू. १००/-

आत्मविश्वास सफलता का द्वार

इस पुस्तक द्वारा अपने अंदर आत्मविश्वास बढ़ाने के लिए हर एक के लिए मार्गदर्शन दिया गया है।

मूल्य : रू. १५०/-

ध्यान नियम

यह नियम केवल ध्यान का नियम नहीं बल्कि हमारे जीवन का एक नियम है। यह नियम ध्यान का एक ऐसा रहस्य को उजागर करता है जिसे जानकर आप जीवन की कई उलझनों को सुलझा पाएँगे।

मूल्य : रू. १६०/-

समग्र लोक व्यवहार

यह पुस्तक समग्र जीवन की कूँजी है। इस कूँजीद्वारा आप लोक व्यवहार कुशलता के खज़ाने का ताला बड़ी कुशलता से खोल पाएँगे।

मूल्य : रू. १२५/-

गुरु मुख से उपासना

गुरुओं की वाणी से निकली गुरु की पहचान पर ही आधारित है यह पुस्तक। स्वयं गुरु के मुख से जब गुरु उपासना होती है तब उसका महत्त्व कई गुना बढ़ जाता है। इस पुस्तक में ऐसे २१ संतों की कहानियाँ व शिक्षाएँ पिरोई गई हैं, जो दर्शाती हैं कि हमारे जीवन में गुरु का क्या महत्त्व है।

मूल्य : रू. १२५/-

अवचेतन मन के पीछे आत्मबल

अवचेतन मन के पार की शक्तियों को जानकर आप आत्मबल प्राप्त कर सकते हैं। इस पुस्तक में इंसान के भीतर छिपी १२ शक्तियों के बारे में बात की गई है। इन शक्तियों को जानें और आत्मबली बनें।

मूल्य : रू. १००/-

तुम्हें जो लगे अच्छा वही मेरी इच्छा

इस पुस्तक में आप भक्ति से जुड़े कई सवालों के जवाब प्राप्त कर सकते हैं। यह केवल पुस्तक नहीं बल्कि भक्ति नियामत है।

मूल्य : रू. १४०/-

छोटी सोच को करें बाय-बाय

यह पुस्तक पढ़ने से आपको अच्छा सोचने की तरकीब मिलेगी। आइए, इस तरकीब का उपयोग कुछ सीखने के लिए करें।

मूल्य : रू. १५०/-

TRAINING
संपूर्ण प्रशिक्षण

'कुदरत के नियम समझनेवाले आत्मप्रशिक्षण लेने से नहीं कतराते, वे कभी छोटा लक्ष्य नहीं बनाते', इस वाक्य की सच्चाई साबित करना इस पुस्तक का लक्ष्य है।

मूल्य : रू. १२५/-

दुःख में खुश क्यों और कैसे रहें

यह पुस्तक नहीं बल्कि दुःख में भी खुश रहने के लिए तीस दिनों का शिविर है। जिसका लाभ उठाकर यकीनन आप सदा खुश रहने का दृढ़ संकल्प कर पाएँगे।

मूल्य : रू. १९५/-

विचार नियम का मूल प्रार्थना बीज

प्रार्थना में वह शक्ति निहित होती है, जो मनुष्य के जीवन में अद्भुत चमत्कार उत्पन्न कर देती है। इस पुस्तक द्वारा प्रार्थना बीज की अद्भुत शक्ति के रहस्य को समझें।

मूल्य : रू. १४०/-

नींव नाइन्टी

यह पुस्तक आज की पीढ़ी को एक नया दृष्टिकोण देती है तथा उस पर चलने का सलीका और तरीका सिखाती है।

मूल्य : रू. १५०/-

सुखी जीवन के पासवर्ड

सुखी जीवन की कामना तो हर कोई करता है परंतु पता नहीं होता कि वह ऐसा क्या करे कि उसके जीवन में सुखमय हो जाए। इस पुस्तक में आप यही रहस्य जाननेवाले हैं। दुःख मुक्त जीवन का सरल मार्ग बताती है यह पुस्तक।

मूल्य : रू. १६०/-

इमोशन्स पर जीत

आज इंसान को जरूरत है कि वह अपने मानसिक स्वास्थ्य पर ध्यान दे। आज कई लोग इस बात को समझ रहे हैं और कार्य कर रहे हैं। इस पुस्तक में भी आप इमोशन्स पर जीत पाने की युक्तियों को जानेंगे और मानसिक स्वास्थ्य पर काम कर पाएँगे।

मूल्य : रू. १३५/-

आप कौन सी पुस्तकें पढ़ें

सभी के लिए

- संपूर्ण लक्ष्य • प्रार्थना बीज
- विचार नियम - पावर ऑफ हॅपी थॉट्स
- विकास नियम - आत्मविकास द्वारा संतुष्टि पाने का राज़
- इमोशन्स पर जीत
- सुनहरा नियम - रिश्तों में नई सुगंध
- दुःख में खुश क्यों और कैसे रहें
- विश्वास नियम - सर्वोच्च शक्ति के सात नियम
- स्वीकार का जादू
- स्वसंवाद का जादू
- स्वयं का सामना
- खुशी का रहस्य
- वार्तालाप का जादू - कम्युनिकेशन के बेहतरीन तरीके
- समय नियोजन के नियम
- आत्मविश्वास सफलता का द्वार
- नींव नाइन्टी - नैतिक मूल्यों की संपत्ति
- बड़ों के लिए गर्भसंस्कार
- तनाव से मुक्ति
- धीरज का जादू
- रहस्य नियम - प्रेम, आनंद, ध्यान,समृद्धि और परमेश्वर प्राप्ति का मार्ग

वरिष्ठ नागरिकों के लिए

- ३ स्वास्थ्य वरदान
- स्वास्थ्य त्रिकोण • पृथ्वी लक्ष्य
- मृत्यु उपरांत जीवन
- जीवन की नई कहानी मृत्यु के बाद

सत्य के खोजियों के लिए

- ध्यान नियम - ध्यान योग नाइन्टी
- ईश्वर ही है तुम कौन हो यह पता करो, पक्का करो
- ईश्वर से मुलाकात - तुम्हें जो लगे अच्छा, वही मेरी इच्छा
- मृत्यु का महासत्य - मृत्युंजय
- कर्मात्मा और कर्म का सिद्धांत
- प्रार्थना बीज
- निःशब्द संवाद का जादू
- पहेली रामायण
- आध्यात्मिक उपनिषद्
- शिष्य उपनिषद्
- वर्तमान का जादू
- The मन -कैसे बने मन-नमन, सुमन, अमन और अकंप
- संपूर्ण ध्यान - २२२ सवाल
- बड़ों के लिए गर्भसंस्कार
- निराकार : कुल-मूल लक्ष्य
- सत् चित्त आनंद

व्यापारियों / कर्मचारियों के लिए

- विचार नियम - पॉवर ऑफ हॅपी थॉट्स
- हर तरह की नौकरी में खुश कैसे रहें
- ध्यान और धन
- प्रार्थना बीज
- पैसा रास्ता है मंजिल नहीं
- तनाव से मुक्ति
- संपूर्ण सफलता का लक्ष्य

आप कौन सी पुस्तकें पढ़ें

विद्यार्थियों के लिए
- विचार नियम फॉर यूथ
- वार्तालाप का जादू - कम्युनिकेशन के बेहतरीन तरीके
- विकास नियम - आत्मविकास द्वारा संतुष्टि पाने का राज़
- नींव नाइन्टी - बेस्ट कैसे बनें
- संपूर्ण लक्ष्य - संपूर्ण विकास कैसे करें
- वचनबद्ध निर्णय और जिम्मेदारी
- आत्मविश्वास सफलता का द्वार
- संपूर्ण सफलता का लक्ष्य
- सन ऑफ बुद्धा फॉर यूथ
- रामायण फॉर टीन्स

महिलाओं के लिए
- आत्मनिर्भर कैसे बनें
- स्वसंवाद का जादू
- बड़ों के लिए गर्भसंस्कार
- स्वास्थ्य त्रिकोण
- इमोशन्स पर जीत

अभिभावकों (Parents) के लिए
- बच्चों का संपूर्ण विकास कैसे करें
- सुनहरा नियम - रिश्तों में नई सुगंध
- रिश्तों में नई रोशनी
- वार्तालाप का जादू - कम्युनिकेशन के बेहतरीन तरीके

स्वास्थ्य के लिए
- स्वास्थ्य त्रिकोण
- ३ स्वास्थ्य वरदान
- B.F.T. बॅच फ्लॉवर थेरेपी
- स्वास्थ्य के लिए विचार नियम

महापुरुषों की जीवनी
- भक्ति का हिमालय - The मीरा
- सद्गुरु नानक - साधना रहस्य और जीवन चरित्र
- भगवान बुद्ध
- भगवान महावीर - मन पर विजय प्राप्त करने का मार्ग
- दो महान अवतार - श्रीराम और श्रीकृष्ण
- रामायण - वनवास रहस्य
- बाहुबली हनुमान
- जीज़स - आत्मबलिदान का मसीहा
- स्वामी विवेकानंद
- रामकृष्ण परमहंस
- संत तुकाराम
- संत ज्ञानेश्वर
- झीनी झीनी रे बीनी पृथ्वी चदरिया - आओ मिलें संत कबीर से

तेजज्ञान फाउण्डेशन – मुख्य शाखाएँ

पुणे (रजिस्टर्ड ऑफिस)
विक्रांत कॉम्प्लेक्स, तपोवन मंदिर के नज़दीक,
पिंपरी, पुणे-४११ ०१७. फोन : 020-27411240, 27412576

मनन आश्रम
सर्वे नं. ४३, सनस नगर, नांदोशी गाँव, किरकटवाडी फाटा,
तहसील– हवेली, जिला– पुणे – ४११ ०२४.
फोन : 09921008060

- विश्व शांति प्रार्थना -

'पृथ्वी पर सफेद रोशनी (दिव्य शक्ति) आ रही है।
पृथ्वी से सुनहरी रोशनी (चेतना) उभर रही है।
विश्व से सारी नकारात्मकता दूर हो रही है।
सभी प्रेम, आनंद और शांति के लिए खुल रहे हैं, खिल रहे हैं।'

यह 'सामूहिक अव्यक्तिगत प्रार्थना' तेजज्ञान फाउण्डेशन के सदस्य पिछले कई सालों से निरंतरता से कर रहे हैं। खुश लोग यह प्रार्थना कर सकते हैं और बीमार, दुःखी लोग उस वक्त एक जगह बैठकर इस प्रार्थना को ग्रहण कर स्वास्थ्य लाभ पा सकते हैं। यदि इस वक्त आप परेशान या बीमार हैं तो रोज़ सुबह या रात 9:09 को केवल ग्रहणशील होकर इस भाव से बैठें कि 'स्वास्थ्य और शांति की सफेद रोशनी जो इस वक्त प्रार्थना में बैठे कई लोगों द्वारा नीचे पृथ्वी पर उतर रही है, वह मुझमें भी अपना कार्य कर रही है। मैं स्वस्थ और शांत हो रहा हूँ।' कुछ देर इस भाव में रहकर आप सबको धन्यवाद देकर उठें।

www.ingramcontent.com/pod-product-compliance
Lightning Source LLC
LaVergne TN
LVHW041849070526
838199LV00045BB/1512
* 9 7 8 9 3 8 0 5 8 2 0 7 8 *